죽기 전에, 더 늦기 전에
꼭 해야 할 42가지

죽기 전에, 더 늦기 전에
꼭 해야 할 42가지

이택호 지음

미래북
miraebook

후회할 때는 이미 늦었다!
지금 이 순간, 해야 할 일을 하라

    즐거운 마음을 안고 수학여행을 떠난 학생들, 오랜만에 가족들과 함께 여행 길에 오른 30대 부부, 수십 년 함께 해온 동창들과의 모임을 위해 길을 나선 중년의 사람들이 기쁘고 설레는 마음으로 세월호에 탔다가 불의의 사고로 그만 가족들의 품을 떠나고 말았다. 그들의 가족은 물론 온 국민의 마음을 슬픔과 절망 속에 몰아넣었던 세월호 참사를 보면서 안전의 중요성과 함께 인생의 허무함 또한 느끼게 된다. 우리는 모두 내일의 일을 알 수 없으며 살았다고 해서 사는 것이 아니라는 말은 있지만, 어째서 그 많은 사람들이 그토록 비참하게 인생을 마감할 수 있는지 너무나 안타깝기만 하다.

    세월호 참사와 같은 사건이 아니더라도 인생 70년을 살면서 어떤 일이 닥칠지 모르는 것이 삶이다. 언제 예기치 못한 엄청난 일이 내 앞에 닥칠지 모르는

머리말

것이 인간의 삶인 것이다. 그럼에도 우리는 100년은 살아갈 것처럼 자신의 인생에서 불행 따위는 절대로 일어나지 않으며, 그것은 남의 일인 것처럼 생각하고 산다. 그리하여 현재를 어떻게 살아야 할지, 주어진 오늘을 어떻게 후회 없이 보람 있게 보내야 할지를 깊게 고민하지 않는다. 그러다가 어느 날 갑자기 불행한 일이 닥치면 그때서야 지나온 삶을 되돌아보며 '내가 왜 그렇게 살았을까?' 후회한다. 그러나 그때는 이미 늦었다. 되돌릴 수 없는 것이 또한 우리의 삶이기 때문이다.

따라서 더 늦기 전에, 불행한 일이 닥치기 전에 지금 내가 하고 싶은 일들, 해야만 하는 일들을 부지런히 해야 한다. 우리 인생의 마지막 장막이 내리기 전에, 심장이 살아 힘차게 요동치는 지금 해야 한다.

그렇다면 무엇을 해야 할까? 더 늦기 전에 우리는 무엇을 해야 하는 것일까? 이 물음에 따른 대답은 사람마다 다를 것이다. 그러나 한 번 뿐인 인생을 살아가는 우리는 누구나 공통적으로 반드시 해야 할 일들이 있다. 필자는 그것을 42가지로 간추려 이 책에 소개하였다. 이 글을 읽은 독자 여러분들이 자신이 해야 할 일을 깨닫고 후회 없는 삶에 한 걸음이라도 다가가게 된다면 필자는 크나큰 기쁨과 함께 삶의 보람을 느끼게 될 것이다.

여름이 오는 길목에서 지은이

Contents

| 머리말 | 후회할 때는 이미 늦었다! 지금 이 순간, 해야 할 일을 하라 ——————— 4

Part 1

죽기 전까지
항상 기억해야 할
12가지
마음가짐

01 지금 살아 있는 이 순간이 가장 중요하다 ——————— 10
02 인생의 마지막 날이라는 메시지는 반드시 온다 ——————— 15
03 조급해 하지 말고 여유를 갖는다 ——————— 19
04 '지나간 삶'보다 '남은 삶'이 더 귀하다 ——————— 25
05 삶이 치열할수록 그 흔적도 깊고 넓다 ——————— 29
06 화를 내어 남에게 상처주지 말라 ——————— 34
07 누군가로부터 상처받은 일이 있다면 용서해줘라 ——————— 39
08 누군가에게 상처를 주었다면 사과하라 ——————— 45
09 주위에 덕을 베풀어라 ——————— 50
10 봉사활동을 하라 ——————— 56
11 은혜를 입었다면 보답하라 ——————— 64
12 감사하다는 말은 시기를 놓치지 말라 ——————— 70

Part 2

살아 있는 동안
놓치지
말아야 할
9가지 가치

01 외면해서는 안 되는 진실 ——————— 76
02 예금 통장과 같은 신뢰 ——————— 82
03 최고의 미덕, 겸손 ——————— 89
04 인간으로서 지켜야 할 마지막 보루, 자존감 ——————— 97
05 사랑은 인생의 스승 ——————— 102
06 만병통치약, 웃음 ——————— 108
07 자유로운 미래를 위한 돈 ——————— 114
08 삶의 전부인 건강 ——————— 121
09 화를 푸는 기술 ——————— 129

Part 3

후회 없는
노후를 위해
꼭 채워야 할
8가지 준비

01 하고 싶은 일이 보람을 준다 ———— 138

02 직장은 당신의 인생이다 ———— 146

03 직장과 가정의 균형을 유지할 때 행복하다 ———— 151

04 일을 하는 것이 가장 좋은 노후대책이다 ———— 155

05 적절한 취미활동은 폭넓은 삶의 내용을 창출한다 ———— 160

06 배움의 끈을 놓지 말라 ———— 166

07 인생의 길잡이가 되는 스승을 가져라 ———— 172

08 인생을 함께할 친구를 만들어라 ———— 177

Part 4

화목한
가정을 위해
잊지 말아야 할
5가지 비결

01 가족들에게 어떤 사람으로 기억되기를 바라는가? ———— 184

02 더 늦기 전에 부모님께 효도하라 ———— 191

03 아름다운 결혼생활을 위한 마음가짐 ———— 197

04 화목한 가정을 이루는 비결 ———— 202

05 자식을 잘못 키우면 가장 많이 후회한다 ———— 211

Part 5

성공적인
삶을 위해
지켜야 할
8가지 원칙

01 자기 페이스를 유지하라 ———— 220

02 구간 목표를 세우고 기록을 체크하라 ———— 225

03 주변의 사람들을 의식하지 말라 ———— 230

04 가장 소중한 것을 레이스의 목표로 삼아라 ———— 234

05 목표만 바라보고 나아가라 ———— 237

06 절대 포기하지 말라 ———— 240

07 미루지 말라 ———— 247

08 인생은 패배하도록 만들어지지 않았다 ———— 252

PART 1

죽기 전까지
항상
기억해야 할
12가지 마음가짐

Bucket List No.42

이렇게 하루하루, 매 순간이 내 인생에서
가장 귀한 순간임을 의식하면서
최선을 다해 살아갈 때, 우리는
인생의 마지막 순간을 맞이하더라도
후회하지 않고 '열심히 충실하게 살았다.'는
• 자부심을 갖게 된다.

지금 살아 있는
이 순간이
가장 중요하다
ㄱ

인간은 태어나 죽을 때까지 기껏해야 우주 시간의 억만 분의 일도 살지 못한다. 그러나 젊음을 가졌을 때는 그 젊음이 영원할 듯 느껴지고, 장년 이 되어서는 먹고사는 것이 바빠 얼마 살지 못하는 인생에 대한 생각을 놓 고 지낸다. 그래서 자신의 삶에 대해서 진지하게 고민해보지도 못하고, 하 루하루를 충실하게 살아가야 되겠다는 생각도 잊어버린다.

그러다 어느 날은 지난날을 되돌아보며 후회하기도 한다. 그토록 길 줄 만 알았던 인생이 너무 짧다는 생각과 함께 허무함을 느낀다. 그리고 눈 깜 짝할 사이에 지나가는 세월인줄 모르고 많은 시간들을 가치 있게 보내지 못한 것에 대해서 후회한다. 인간은 지위를 막론하고 누구나 지난 삶을 돌

10 : 11

아볼 때 아쉽고 좀 더 충실하게 살았더라면 하는 후회가 들기 마련이다. 그렇다면 우리는 어떤 자세로 인생을 살아야 후회가 없을까? 러시아의 문호 톨스토이는 "이 세상에서 가장 중요한 시간은 지금이다."라고 말했다. 그 말은 곧 지금 이 순간이 가장 중요한 시간이므로, 지금 이 순간을 충실하게 살라는 것이다.

영하 50도를 넘나드는 추운 겨울 날, 도스토예프스키는 사형 집행장으로 끌려갔다. 현장에는 기둥이 세워져 있고, 한 기둥에 세 사람씩 묶여 있는데 도스토예프스키는 세 번째 기둥 가운데 묶여 있었다. 사형 집행 예정 시간을 생각하니 이제 5분이 남아있었다. 그는 이 살아 있는 5분을 어떻게 쓸까 생각했다.

형장에 끌려온 사람에게 마지막 인사를 하는 데 3분을 쓰고, 오늘까지 살아온 날을 되돌아보는 데에 1분을 쓰고, 남은 1분을 지금까지 살아온 땅과 눈으로 볼 수 있는 자연을 마지막으로 한 번 더 쳐다보는 데 쓰기로 했다.

도스토예프스키는 눈물이 가득한 눈으로 옆에 묶여 있는 동료에게 키스를 하고, 남은 가족을 잠깐 생각하며 2분을 썼다. 이제 자신에 대해서 생각했다. 3분 후에 자신이 어디로 갈 것인가를 생각하니 눈앞이 캄캄했다. 28년 동안 귀중한 시간을 아껴 쓰지 못한 것이 후회스러웠다. '다시 한 번 살 수 있다면 순간마다 값지게 살 텐데…….'하는 생각이 절실했다.

그때 사형 집행관들이 탄알을 장전하는 소리가 들렸고, 이와 동시에 죽음에 대한 공포가 밀려왔다. 그런데 바로 그 순간 사형장이 떠들썩하더니 한 병사가 흰 손수건을 흔들며 달려왔다. 도스토예프스키를 방면하라는 황제의 특사였다.

천만다행으로 목숨을 건진 도스토예프스키는 많은 생각을 했다. 그는 사형 전 마지막 5분을 결코 잊지 않겠다고 다짐했다. 그리하여 그는 그때부터 항상 시간을 금쪽같이 소중하게 아끼면서 매 순간을 충실하게 살았다.

그러면 지금 이 순간을 충실하게 사는 것이 어떻게 사는 것일까?

먼저 충실하게 살기 위해서는 '지금'을 의식해야 한다. 지금 이 순간은 지나가면 다시 오지 않는 귀중한 시간이며, 삶에서 보람 있는 일을 해야 하는 귀중한 시간임을 인식해야 한다. 지금 이 순간을 인식할 때, 충실하게 보내기 위해 어떻게 살아야 할지를 생각하게 된다.

지금 하고 있는 '일'이 가장 중요한 일임을 인식하고 최선을 다하는 것이다. 지금 하고 있는 '일'이 곧 '지금'이다. 따라서 현재하고 있는 일에 열과 성의를 다해야 한다.

만약 당신이 학생이라면 지금 하고 있는 공부가 가장 중요한 일임을 깨닫고 열심히 공부해야 한다. 또 직장인이라면 지금 맡은 일에 최선을 다하는 것이고, 주부라면 가정의 일에 열과 성을 다하는 것이다.

그리고 지금 주어진 이 순간을 충실하게 살기 위해서 아침에 일어났을 때 오늘 주어진 하루를 감사히 생각하며 하루의 계획을 세운다. 그리고 그 계획대로 움직인다. 또한 취침 전 하루를 돌아보며 오늘 하루 최선을 다했는지 성찰해 본다. 그리고 그냥 마음속으로 생각하는 것보다 일기를 쓰면서 하루를 되돌아보고 성찰하는 것이 더 좋다.

이렇게 하루하루, 매 순간이 내 인생에서 가장 귀한 순간임을 의식하면서 최선을 다해 살아갈 때, 우리는 인생의 마지막 순간을 맞이하더라도 후회하지 않고 '열심히 충실하게 살았다.'는 자부심을 갖게 된다.

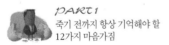

인생의
마지막 날이라는
메시지는 반드시 온다

인생의 마지막 하루를 돈으로 매긴다면 당신은 그날 하루의 값이 얼마라고 생각하는가? 혹은 오늘이 당신의 마지막 날이라고 알려주는 휴대전화 서비스가 있다면 그 서비스를 얼마에 가입하겠는가?

어느 날 갑자기 당신의 휴대전화가 울린다. 지금까지 많이 들어본 친숙한 목소리다.

"마지막 날을 알려주는 서비스입니다. 안타깝게도 오늘이 당신의 마지막 날임을 알려드립니다. 그러므로 오늘 하루를 후회 없이 보내시기 바랍니다. 감사합니다."

당신이 이 세상을 하직하게 되는 날 아침에 이렇게 당신 인생의 마지막 날임을 알려주는 서비스가 있다면 과연 얼마를 주고 가입하겠는가? 그리고 그렇게 알게 된 마지막 하루를 어떻게 보내겠는가? 보통 다음의 네 가지를 할 것이다.

- 소중한 사람에게 감사의 마음을 전한다.
- 아이들에게 마지막으로 덕담을 해준다.
- 사랑하는 사람의 손을 붙잡고 이별의 말을 한다.
- 가능하다면 이제껏 하지 못했던 일을 실컷 해본다.

만약 당신이 죽기 100일 전에 그런 서비스 전화를 받았다면 당신은 해야 할 일도, 할 말도 더 많아질 것이다. 또는 죽기 3650일 전에 즉, 10년 전에 그런 서비스를 받았다면 그날부터 죽는 날까지 10년은 정말로 하고 싶었던 일, 정말로 해야 할 일에 더 많은 시간을 쓸 것이고 그 일에 몰두할 것이다.

이것은 곧 자신이 죽는 날을 미리 안다면 진짜 하고 싶은 일을 찾아서 몰두했을 것이고, 인간관계나 가족관계가 지금과는 판이하게 달라졌을지도 모른다는 뜻이다. 그러나 오늘날 많은 젊은이들이나 중년층이 이러한 날을 먼 미래로 생각하고 자신의 인생을 어떻게 살아야 하며, 해야 할 일이 무엇인지에 대해서 고민하지 않는다.

할 일에 대한 계획을 세워라

사실 애초부터 '마지막 날'을 알려주는 일에 대해 값을 매길 수 없다. 그러나 가격을 매기든 매기지 않든 언젠가는 반드시 찾아온다. 그래서 하고 싶은 것을 하지 못했거나 해야 할 일을 하지 못한 사람들일수록 죽을 때가 가까워질 때 후회하는 일이 많다.

"이럴 줄 알았으면 한 살이라도 젊었을 때 할 걸."

"내가 좋아하는 일을 했다면 이렇게 후회하지는 않았을 텐데……."

"사랑하는 사람에게 더 잘해줄 걸."

하지만 인간은 안타깝게도 마지막 하루까지 남은 기간이 길수록 그 절심함을 느끼지 못한다. 실제는 시간이 많을수록 해야 할 일에 쓰는 시간도 많아야 하는데 그렇지 못하다.

당신이 20대라면 자신이 죽을 날을 50년 후라고 가정하자. 그러나 한창 사회생활을 시작할 나이에 자신의 70대를 생각한다는 것은 너무 먼 미래의 일일뿐 아니라 당장 해결해야 할 문제와 고민들도 많기 때문에 자신의 50년 후까지 내다볼 여유가 없는 게 사실이다.

당신에게 '오늘이 마지막 날입니다.'라는 목소리가 언제쯤 들릴 것이라고 생각하는가? 최대 앞으로 30년 후, 아니면 20년 후? 많을수록 좋다. 그렇다면 지금부터라도 그 남은 시간에 해야 할 일이 무엇인지 깨닫고 실행하도록 하라. 50년 후가 까마득한 먼 미래의 일로 느껴질 것이다. 그러나 세월은 당신이 생각하는 것보다 훨씬 빠르게 흐른다.

해야 할 일이 바로 '삶의 목표'다. 30년 후에 마지막 날이 올 것이라고 생각한다면 앞으로 30년에 대한 목표를 세워라. 30년의 목표라면 막연할 수도 있으므로 10년씩 나누어 계획을 세워본다. 그리고 무슨 일이 있더라도 그 목표들을 이루려고 노력하라. 그러면 30년 후 '내일이 당신의 마지막 날입니다.'라는 전화 서비스가 와도 지난날을 안타까워하거나 후회하는 일이 적을 것이다.

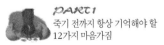

조급해
하지 말고
여유를 갖는다

우리는 바쁘다. 아침에 눈을 뜨는 순간부터 밤에 잠자리에 들기 전까지 쉴 틈도 없이 달린다. 주말이면 그동안 미뤄두었던 모임이나 누군가를 만나는 일로 훌쩍 보내기도 한다. 그렇게 정신없이 살다보면 어느새 1년이 지나가버린다. 해가 바뀌어도 변함없는 생활 속에서 마치 무엇에 쫓기듯이 살아간다.

앞서 하루를 계획적으로 살자고 제안했다. 그러나 하루를 1초의 여유도 없이 빡빡하게 보내자는 것은 아니다.

영국 워릭대 연구팀의 자료에 의하면 심리적인 여유를 갖는 것은 일상생활을 더욱 풍요롭게 할뿐 아니라 마음도 평화롭게 유지시켜 주어 삶에서의 행복감을 느낄 수 있도록 해준다고 한다. 바쁜 하루 중에도 잠시 시간을 내어 자신을 격려하고 마음을 다독이는 시간이 필요하다.

우리는 길을 걸을 때마다 많은 사람들이 여유도 없이 바쁘게 살아가는 모습을 보게 된다. 빠른 걸음걸이로 길을 재촉하는 사람, 걸음을 옮기면서 휴대전화에 고함을 지르고 있는 사람, 흡연 장소에서 초조한 표정으로 담배를 피우고 있는 사람……

현대를 살아가는 사람들의 공통점은 그들의 표정에서 여유를 찾아보기 어렵다는 것이다. 마음에 여유가 없다는 사실이 얼굴에 그대로 드러난다. 하지만 무슨 일이건 여유가 없으면 제대로 풀리지 않는다. 건망증 또한 무언가를 위해 조급한 마음으로 서두를 때 빈번하게 일어난다. 중요한 판단을 그르치는 이유도 여유가 없기 때문이고, 갖추고 있는 능력을 제대로 발휘할 수 없는 것 역시 대부분의 경우 마음의 여유가 없기 때문이다.

불치병에 걸린 사람이 있었다. 세상의 어떤 약을 써도 차도를 보이지 않았다. 그러던 어느 날 주위 사람들로부터 용한 의사를 소개받았다. 그 용한 의사는 그에게 이런 처방을 해주었다.

"당신의 병은 특이하여 3년 동안 말린 쑥을 달여 먹어야 나을 수 있소."

그로부터 이 사람은 3년 동안 말린 쑥을 구하기 위하여 전국 방방곡곡을 돌아다녔지만 구할 수 없었다. 시간이 흐를수록 병은 점점 악화되었고,

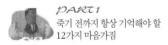

결국 이 사람은 죽고 말았다. 쑥을 찾으러 다닌 지 6년 째였다.

이 사람은 3년 동안 말린 쑥을 구해 하루라도 빨리 먹어야 자신의 병을 고칠 수 있다는 조급함 때문에 쑥을 사서 3년 동안 말리면 되겠다는 생각은 하지 못하고 구하기 어려운 말린 쑥을 찾아다니다가 그만 죽고 말았던 것이다.

"머릿속에 빈 공간이 없으면 집중할 수 없다. 대국 장소로 이동할 때 기본적으로 아무것도 생각하지 않고 창밖의 풍경을 바라보거나 바둑과 관계없는 책을 읽는다."

우리나라 바둑의 최고 고수가 한 말이다.

명예와 수억대의 상금이 걸린 대국은 숨도 제대로 못 쉴 만큼 팽팽한 긴장감 속에서 치러지기 때문에 집중력이 승패를 가른다 해도 과언이 아니다. 따라서 최고의 집중력을 위해 일부러 머릿속에 빈 공간, 즉 여유를 만드는 것이다. 이것은 비즈니스에서나 스포츠에서도 활용할 수 있는 예다. 중요한 비즈니스 상담에 임할 때에도 마음의 여유가 있는 쪽이 그 시점에서 이미 우위에 서게 된다.

약속 장소에 충분한 시간적 여유를 가지고 도착하여 천천히 커피라도 마시면서 한숨 돌린 이후에 상담에 임하는 사람과, 약속 시간이 거의 다 되어서 숨을 헐떡이며 달려와 땀을 닦자마자 상담에 임하는 사람은 정신적으로 엄청난 차이가 있다. 승패는 이미 결정이 난 것과 다름없다. 이것은 시간 관리의 문제이기도 하지만, 자신의 시간을 확실하게 관리할 수 있어야 마음의 여유가 생긴다는 뜻이기도 하다. 비즈니스에는 절대로 빼놓을 수 없는 능력이다. 이런 컨트롤이 불가능하다면 그 사람의 비즈니스 능력은 태단하다고 볼 수 없다.

여유를 갖는 방법

여유를 갖는다는 것을 어렵게 생각할 필요는 없다.

여유를 갖기 위해서는 먼저 최악의 상황이 절대로 일어나지 않는다고 믿는 것이다. 예를 들어, 당신에게 어떤 문제가 닥쳤을 때 그것을 오늘 해결하지 못하면 무슨 큰일이 나지 않을까 하는 조바심을 버리고 오늘 해결하지 않는다고 해도 잘 해결될 거라는 확신을 가지는 것이다. 그러면 아무래도 마음의 여유가 생기고 그 문제에 대해 더 생각해 볼 수 있는 여지도 생기기 때문에 해결의 실마리가 보일 것이다.

또 다른 방법은 일상생활에서 여유를 체험해 보는 것이다. 퇴근한 후 가까운 서점에 들러 마음에 드는 책을 집어 들고 잠시 독서를 해보거나, 백화점에 들러 잡화 매장 등을 둘러보는 것도 좋다. 이른바 한눈을 파는 방

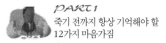

법으로 '무위(無爲)'의 시간을 보내는 것이다. 무위는 노자의 사상에서 비롯되었는데, 사람에 따라서는 '무위'하면 좋은 이미지가 떠오르지 않을 수도 있다. 노자사상의 근본은 '무위자연'이다. '무위'이기 때문에 무슨 일이든 이룰 수 있다는 의미다.

당신이 대중교통을 이용해 출퇴근을 한다면 일상에서 여유를 갖기 위해 자신이 내려야 할 정거장보다 한두 정거장 전에 내리는 것도 방법이다. 그러면 여유가 생긴다. 요즘에는 건강을 위해서도 한두 정거장 전에 내려서 걷는 사람들이 적지 않다. 교통수단을 벗어나 한두 정거장 전에 내려서 집까지 혹은 회사까지 걸어가다 보면 익숙하지 않았던 풍경과 소리와 향기가 펼쳐진다. 그야말로 모든 것이 새롭다.

"여기에 이렇게 멋진 이탈리안 카페가 있었구나. 다음에 가족들과 와 봐야겠어."

"어라? 여기에도 서점이 있네. 잠깐 들어가 볼까?"

이런 식으로 매일 보던 것과는 다른 세계가 펼쳐진다. 한두 정거장 전에 내려 걸어가는 것도 무위가 낳은 인생의 여유다.

여유 있게 사는 방법 중의 또 하나는 혼자만의 시간을 갖는 것이다.

당장 오늘부터 매일 15분간 '아무것도 하지 않는 시간'을 정해 조용한 공간에서 편안하게 오로지 생각만을 할 수 있는 시간을 가져라. 침실도 괜찮고, 차 안이나 산책길, 도서관 등도 상관없다. 다른 사람으로부터 방해

받지 않을 장소면 어디든 좋다. 이 시간만큼은 누구와도 접촉해서는 안 된다.

조바심에 사로잡혀 시간을 허비하기 보다는 즐거운 마음으로 아무것도 하지 않는 시간을 가져보는 것이다. 비록 15분에 지나지 않지만 매우 소중한 시간이다. 이 시간에는 모든 것을 잊고 오직 자기 자신에 대해서만 관심을 집중한다.

'아무것도 하지 않는 시간'으로 혼자만의 시간을 가짐으로써 다음에 일상의 문제들을 떠나보내는 것이다. 일상에서 오는 여러 가지 잡다한 문제들을 생각하지 않고 그 시간만은 오로지 자신만을 생각한다. 그러면 왜 그렇게 허둥거리며 살았는지, 이렇게 사는 것이 옳은 것인지를 판단할 수 있게 된다.

'지나간 삶'보다
'남은 삶'이
더 귀하다

이미 지나간 과거에 얽매이는 사람들이 많다. '그땐 왜 그랬을까.' 자신을 자책하면서 후회한다. 이런 후회는 상대적으로 지나간 시간이 더 많은 사람들일수록 빈번한 경우가 많다.

'그때 내가 왜 그런 짓을 했지?'

'그때 내가 왜 그런 바보 같은 소리를 했지?'

'그때 내가 좀 참았으면 좋았을 텐데······.'

또 누군가 나에게 상처 주는 말을 하면 쉽게 잊지 못하고 마음속에 깊이 묵혀두는 사람도 있다. 이런 마음의 태도는 나 자신은 물론 다른 사람에게도 결코 유익하지 않다.

이때 필요한 것이 '용서'다. 자책, 타인에 대한 미움, 원망 등의 상처를 떠올릴 때마다 우리는 정서적, 신체적으로 해를 입는 것이나 마찬가지다. 게다가 이런 마음을 지속적으로 가지게 되면 조그만 일에도 쉽게 화가 나고, 괜한 일에 과민반응을 보이게 되고, 자신과 타인에 대한 포용력이 점점 줄어드는 악순환이 생긴다.

용서하는 것은 내가 부정적으로 바라보던 지난 일들의 결과를 객관적으로 보게 됨으로써 그 태도를 멈추는 일이다. 용서할 때 미래가 보이고, 내일의 희망을 발견할 수 있다.

동이 트면 가장 어두웠던 시간은 사라진다. 그래서 '여명(黎明)'이라고 부른다. 어두움은 여명을 잉태하고 있었다. 세상에 환한 모습으로 태어나 모든 사람들에게 밝음을 주기 위해서, 아니 희망을 주기 위해서 말이다.

그러나 용서하는 것이 말처럼 쉽지는 않다. 다른 사람을 용서하는 것보다 스스로를 용서하는 것은 더 어렵다. 우리는 대게 스스로를 제대로 용납지도, 인정하지도, 용서하지도 않는다. 언뜻 보면 자기 자신에게 엄격한 것 같지만 그렇지 못한 사람들이 대부분이다. 남에게는 철저하게 엄격하면서 자신에게는 관대할 수밖에 없는 것이 인간이다. 자신에게 엄격하다는 것은 어쩌면 자기 자신을 옥죄는 것이기 때문에 관대한지도 모른다.

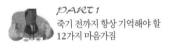

스스로를 용서하는 것

스스로를 용서한다는 것은 지난날의 모든 회한과 후회로부터 스스로를 자유롭게 해주는 것이다. 더 이상 '그때 왜 그랬지?', '어째서 그것 밖에 못했지?'라는 오래 묵은 자책에서 스스로를 사면하고 해방시키는 것이다. 이런 용서 없이는 살기가 힘들다. 마지막에 후회하지 않기 위해서는 지금 자신을 용서해줘야 한다.

미국의 제38대 대통령 지미 카터는 재선에 실패하여 창창한 나이에 미국 대통령에서 물러나서 고향인 조지아 주 플레인스 땅콩 농장으로 돌아가 한동안 회한과 후회로 나날을 보내고 있었다. 그러던 어느 날 그는 아직 자신의 삶이 끝나지 않았다는 것을 깨달았다. 인생은 점점 확대되는 것이지, 축소되는 것이 아니라는 것 그리고 후회가 꿈을 대신하는 순간부터 늙기 시작한다는 것을 깨달은 것이다.

미망(迷妄)에서 깨어난 지미 카터는 다시 시작했다. 재선에 실패한 무능한 존재에서 어떤 자리에 있을 때보다 더욱 빛나는 일을 하는 존재로 다시 태어난 것이다. 그것은 오로지 스스로를 용서한 덕분이었다.

지나간 과오를 곱씹으며 불행한 나날을 보내는 대신 그런 자신을 너그럽게 용서하고, 앞으로의 남은 삶을 스스로 항해해 나갈 수 있도록 용기를 주는 것이 당신의 인생을 위해서 더 생산적인 일이다. 제대로 살고자 한다면 당신 자신을 용서해야 한다.

인생을 레이스에 비유하자면 '이미 지나간 레이스에 집착하지 말라.'는 것이다. 많은 사람들은 이미 지나간 구간의 레이스에 대해서 집착하다가 현재의 페이스를 놓치고 만다. 따라서 과거에 좋지 못한 일, 실패한 일은 모두 잊어버려야 한다.

지나간 것은 말 그대로 지나간 것이다. 지금, 현재가 중요하다. 당신의 시선을 앞으로만 둔다면 현재의 구간에서는 성공할 수 있다. 당신이 소중하게 간직해야 할 기억은 상처투성이의 과거가 아니라 뜨겁게 살았던 지난날의 스토리이며 귀중한 내일에 있다.

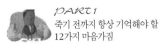

삶이 치열할수록
그 흔적도
깊고 넓다

산다는 것은 삶의 흔적을 남기는 것이라고 할 수 있다. 사람들은 돈으로, 권력으로, 미모로, 재능으로 자신의 흔적을 남기려고 한다. 하지만 그들이 남기려고 하는 흔적은 얼마 안가서 바람처럼 사라지며, 모래성처럼 흩어지고 만다. 그러나 어느 누군가의 마음을 울리는 흔적은 오래도록 사라지지 않고 그의 가슴 속에 남아 있다.

오늘 당신이 남긴 흔적이 곧 당신의 역사가 되고, 동시에 당신의 미래에 주춧돌이 된다.

누구든 어딘가에 앉았다가 일어나면 예외 없이 흔적이라는 게 남는다. 폭신한 소파는 그 사람의 몸무게와 엉덩이의 크기에 따라서 흔적이 남고, 딱

딱한 지하철의 금속성 의자에는 체위와 온도의 흔적이 남는다. 이처럼 우리는 삶의 곳곳에 흔적을 남긴다. 삶 자체가 '흔적이 남고 지워지는' 것의 연속일지 모른다. 그리하여 겹겹이 쌓인 삶의 두께는 흔적의 무게와 다름이 없다.

당신은 어렸을 적에 바닷가에서 모래성을 쌓아본 적이 있을 것이다. 아무리 힘들게 쌓은 모래성이라도 해가 지고 집으로 돌아갈 때는 그대로 두고 간다. 어쩌면 인생은 그와 같을지도 모른다. 남은 것은 흔적뿐이다. 그것도 흔적의 기억에 가까운 것일지도 모른다. 결국 흔적이란 삶의 여운으로 남는 것이다. 흔적은 돌 위에 새겨진 글자처럼 세월을 이기고 견디어 낸다.

기술자 존 뢰블링이 뉴욕의 맨해튼 시와 브루클린 시 사이를 잇는 다리를 건설하자고 제안했을 때 전문가들은 하나같이 불가능하다고 했다. 이전에 나이아가라 폭포 위에 미국과 캐나다를 잇는 최초의 다리를 건설한 이력이 있었던 존 뢰블링은 금융업자들을 설득하여 아들 워싱턴 뢰블링과 함께 다리 건설 작업을 시작했다. 그들은 함께할 건설 기술자를 모집하여 열성적으로 일했다.

프로젝트가 한창 진행 중이던 어느 날, 존 뢰블링은 작업을 하다가 발가락에 작은 상처를 입었다. 대수롭지 않게 생각했던 그는 상처 부위를 물로만 씻어낸 채 다시 일에 몰두했다. 결국 존 뢰블링은 파상풍으로 상처 입

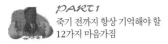

은 지 24일 만에 사망하고 만다.

건설 작업은 아버지의 사망 후 그의 아들 워싱턴 뢰블링이 맡게 되었다. 그러나 그도 역시 공사 작업 중 잠수병에 걸려 뇌에 심각한 손상을 입고 말았다. 말도 할 수 없었고 다닐 수도 없는 불구가 되었다. 그리하여 그 다리 건설은 물거품이 되고, 존 뢰블링 부자의 흔적은 그렇게 없어지는 듯했다.

그러나 움직일 수도 없고 말할 수도 없는 처지에 놓인 워싱턴 뢰블링은 결코 포기하지 않았다. 그의 머릿속에는 온통 다리 건설에 대한 생각뿐이었다. 움직일 수 없었던 그는 건설 중이던 다리의 한쪽 끝에 집을 얻어 집 안에서 망원경으로 공사 현장을 살피며 자신의 부인에게 지시를 내리는 방식으로 일을 해나갔다. 또한 다른 기술자들과 소통할 수 있는 방법을 생각하다가 손가락을 이용해 아내에게 일정한 규칙에 따라 신호를 보내는 방법을 만들어 사용했다. 그러면 아내는 기술자에게 워싱턴 뢰블링의 의견을 말로 대신 전달해주었다. 그리하여 워싱턴 뢰블링은 13년 동안이나 손가락 하나로 기술자들에게 지시 사항을 전달했고, 마침내 1883년 오늘날 '기적의 다리'라 불리는 브루클린 다리가 완성되었다.

어려운 상황에서도 뢰블링 가족의 대를 이은 치열함이 있었기에 '브루클린 다리'라는 큰 흔적을 남길 수 있었던 것이다.

소중한 흔적을 남기기 위한 두 가지 조건

당신의 인생에 있어 소중한 흔적을 남기기 위해서는 두 가지 조건이 필요하다. 첫째는 현재 자신이 가진 것들에 대해 감사하는 마음을 갖는 것이다. 긍정적인 마음을 가지고 싶다면 '감사하기'만큼 간단하고 쉬운 것이 없다.

아침에 일어나면 내가 살아 있다는 것, 움직이고 생각할 수 있다는 것에 감사하는 마음을 가져본다. 출근길에도 내 눈에 보이는 풍경과 들려오는 소리, 코로 들어오는 공기에 감사함을 느끼고 밥을 먹으면서도 감사함을 느낀다. 삶의 모든 순간에 마음속으로 '감사합니다'를 외치는 것이다. 당신의 삶을 변화시킬 수 있는 '감사하기'의 효과는 생각보다 빠르게 다가올 것이다.

두 번째는 당신이 진정으로 원하는 것이 무엇인지 정확하게 아는 것이다. 이렇게 얘기하면 대부분은 '내가 원하는 것이 무엇인지 잘 모른다.'라고 반문할지 모르지만 자신이 어떤 것을 원하는지는 본인 자신이 가장 잘 알고 있다. 열정을 깨우기 위해서는 과감한 변화가 필요하다. 고정관념과 현실에 안주하려는 마음에서 벗어나야 한다. 그리고 반드시 실천에 옮길 수 있는 용기를 가져야 한다.

인생은 흔적이다. 흘러가고 사라지고 흩어질지언정 그 흔적 자체는 소중하다. 물처럼 흐르고 바람처럼 사라지고 모래처럼 흐트러지더라도 마

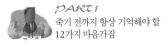

음엔 남고 영혼엔 깊게 새겨지는 흔적, 당신은 이 순간에도 그 흔적을 누군가에게 또는 이 세상에 남기며 산다. 그게 바로 인생이다.

결국 인생이 흔적이라면 삶이 치열할수록 흔적도 깊어지고 넓어진다. 오늘도 당신은 흔적을 남긴다. 두려움과 설렘 가운데 말이다. 당신은 과연 어떤 흔적을 남길 것인가? 이 화두에 자신 있게 대답할 때 당신은 후회 없는 삶을 살게 될 것이다.

화를 내어
남에게
상처주지 말라

살다 보면 화나고 분노하게 만드는 상황에 마주치게 된다. 그런 상황에 대처하는 방법은 원인이 무엇이냐에 따라 매우 다양하다. 아주 잠깐 화가 났다가 금방 풀어지는 경우는 사실 화가 난 이유가 그리 심각하지 않기에 쉽게 대응할 수 있다.

화가 났을 때의 문제는 화풀이를 당사자가 아닌 제3자에게 한다는 점에 있다. 우리 속담에 '종로에서 뺨 맞고 한강에 가서 눈 흘긴다.'는 말이 있듯이, 그 상황이나 일과 관계없는 애꿎은 사람에게 화풀이를 하는 경우다. 예를 들면 회사에서 상사로부터 야단맞았던 일을 차마 상사에게 풀지 못하고 집에 가서 배우자나 아이들에게 분풀이를 하는 것이다.

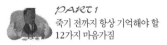

PART 1
죽기 전까지 항상 기억해야 할
12가지 마음가짐

또 일상생활을 잘 해나가다가도 가슴 깊은 곳에 억제되어 있는 분노가 어떤 사건을 계기로 분출하는 상황이 일어나기도 한다. 이러한 분노는 일시적인 화와 달리 쉽게 분출되지도 않지만, 일단 일어나면 쉽게 사라지지 않고 하루 종일 지속되는 부작용이 있다. 이런 경우에는 자기감정이 한계까지 치달아 더 이상 견딜 수 없다고 느끼기 때문에 분노에 어떻게 대처해야 할지 혼란스러워지는 것이다. 그 결과 순간적으로 가슴이 뛰거나 눈이 잘 안보이고, 호흡이 어려우며 편두통이 시작되는 등 신체적으로도 심각한 반응이 나타난다. 물론 일시적으로 화가 난 경우에도 이런 신체적 반응이 드러날 수 있지만, 쉽게 사라지기 때문에 큰 문제가 되지 않는다.

이렇게 분노가 강력한 모습으로 나타난다면 그 원인은 대부분 과거에서 찾을 수 있다. 현재 일어난 상황을 통해 가슴 깊은 곳에 자리 잡고 있는 먼 옛날의 기억이 되살아나는 것이다. 이런 경우에는 분노와 더불어 두려움이나 무기력함까지 느끼기도 한다. 다음의 예를 살펴보자.

알람시계가 울리지 않았다든가 아니면 다른 어떤 이유에서 출근시간이 늦어졌다고 가정하자. 사장님이 회의실에서 기다리고 있는 상황이니 일분일초가 가슴을 조여 온다. 다행히 회사 주차장에 자리가 하나 비어 있어 기분 좋게 방향지시등을 켜고 빈자리로 차를 몰고 갔다. 그런데 후진하는 순간 오른쪽에서 승용차가 하나 오더니 코앞에서 자리를 채가 버리고 말았다. 순간 어이가 없어 불같이 화가 치밀었다. 차에서 내려 다른 차 운전자를 향해 욕을 퍼부었다. 그런데 그 운전자는 아무런 반응도 보이지 않고 그저 주차만 하고 사라졌다.

이런 경우 출근시각에도 늦었고 회의에 사람들이 기다리고 있으므로 오랫동안 화를 내고 있을 여유가 없다. 이제 어떻게 해야 할까? 정말 지독하게 화가 난 경우라면 일단 화라는 강력한 에너지를 외부로 발산하고, 자기 자신을 조절하기 위해 몇 가지 조치를 취해야 한다.

먼저 깊게 숨을 들이마시고 내쉰다. 그렇게 몇 차례 깊게 숨을 들이마시고 내쉰 후 배 위에 한 손을 얹는다. 그리고는 속으로나 혼잣말로 화를 표현한다. 예를 들어 '화가 나서 죽겠어!' 라든가, '돌아버리겠네!' 라든가 혹은 '속이 끓어 미치겠다!' 라고 속으로 말해본다. 무슨 생각을 골똘히 하고 있는지 아무도 눈치 채지 못할 것이다. 비록 입 밖으로 소리를 내지 않더라도 이렇게 자신이 느낀 화를 분출시키면 훨씬 기분이 나아질 것이다. 그러고 나면 화가 나 있는 안 좋은 기분이 다음 할 일로 이어지지 않고 편안해진 마음으로 자신의 할 일을 할 수 있다.

또 가능하다면 화가 난 그 자리를 떠나도록 한다. 잠깐 화장실에 가 거울 앞에 서서 인상을 한번 찌푸려보는 것으로 화를 표출하거나 혀를 쑥 내밀어도 보고, 이를 내보이기도 하고, 주먹을 쥐고 으르렁거리며 괴성을 질러보는 것도 도움이 될 것 같다. 그리고 나서 자리로 돌아가기 직전에 심호흡을 몇

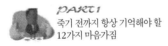

차례 한다.

여건이 된다면 이런 방법도 있다. 허용 가능한 장소에서 그릇을 집어던
지거나 나무를 패거나 종이를 찢는 것이다. 많은 사람들이 이런 방법으로
일시적인 화를 풀고 다시 마음의 평정을 찾기도 한다. 다만 이 방법을 쓸
때는 의식적인 상태에서 조심스럽게 하여 남에게 피해가 주지 않도록 해
야 한다. 주위의 여건이 허락된다면 낡은 접시나 찻잔, 유리잔 등을 집어
던져 박살내고, 나무를 마구 패거나 낡은 전화번호부책을 갈기갈기 찢어
버려도 좋다.

화를 푸는 가장 현명한 방법

그러나 이렇게 화를 분출하는 방법보다 더 현명한 방법이 있다. 상대의
입장에서 생각해보는 여유를 갖는 것이다. 나를 화나게 한 상대는 왜 그런
상황을 만들었는지 상대의 입장에서 생각해본다. 이 방법은 자신의 감정
도 상하지 않고 남에게 피해도 주지 않는 방법이다.

다음은 '뉴욕타임스'에 보도된 기사다.

한 신사가 택시를 타고 뉴욕 변두리를 달리고 있었다. 한참 가던 도중 택

시가 일방통행인 골목길에 도달했다. 그 좁은 골목길에는 마침 쓰레기차가 넘어져 청소부들이 떨어진 쓰레기를 차에 싣고 있었다. 택시기사는 화가 나서 청소부들을 향해 클랙슨을 계속 누르며 소리를 질렀다. 그러나 청소부들은 쏟아진 쓰레기를 차에 다시 싣는 방법 외에는 다른 방법이 없었다. 뒤따라오던 차들도 멈추어 서서 요란하게 '빵빵'거리며 화를 내고 있었다.

그때 택시 뒷좌석에 앉아 있던 신사는 조용히 차에서 내려 청소부에게 작업복을 한 벌 달라고 하여 걸쳤다. 주위 사람들은 그 신사가 무엇을 하려고 하는지 의아한 눈으로 쳐다보고 있었다. 그는 청소부들과 함께 쓰레기를 차에 실었다. 얼마 안 있어 쓰레기는 모두 차에 실어졌고 다시 거리는 깨끗하게 되었다. 그 신사는 작업복을 벗고 다시 택시에 타더니 기사를 독촉하여 목적지로 향해 달려갔다.

충분히 화가 날 수 있는 상황에 이르러서도 신사처럼 조금만 여유를 가지면 화를 발산하지 않고 해결하는 방법이 나온다. 화를 자신에게, 상대에게 또는 관계없는 제3자에게 푸는 것보다 조급함을 버리고 더 좋은 방법을 찾을 때 누구에게도 상처를 주지 않고 해결할 수 있는 지혜가 나온다.

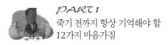

누군가로부터
상처받은 일이 있다면
용서해줘라

우리는 이래저래 상처를 많이 받고 살아간다. 또 알게 모르게 다른 사람에게 상처를 주기도 한다. 오늘날 이 시대를 살아가는 젊은이들은 어떤 일로 상처를 가장 많이 받을까? 한 조사 기관에서 20대 젊은이들을 대상으로 어떤 상황에서 가장 상처를 많이 받는지에 대해 설문 조사를 한 결과 이런 대답이 나왔다.

조사를 통해서 알 수 있는 것은 누군가에게서 들었던 '말'이 우리에게 가장 많은 상처를 주고 있다는 것이다. 말 한마디에 천 냥 빚도 갚고 말 한마디가 사람을 죽이기도 한다. 인터넷 악성 댓글이 가장 이해하기 쉬운 예다.

이렇게 말로 상처를 입었을 때 많은 사람들은 '나도 똑같이 해주겠다.'는

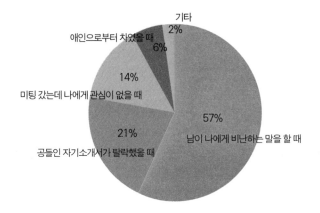

기타
2%

애인으로부터 차였을 때
6%

14%
미팅 갔는데 나에게 관심이 없을 때

57%
남이 나에게 비난하는 말을 할 때

21%
공들인 자기소개서가 탈락했을 때

식으로 대응한다. 그런데 상처를 받은 만큼 상처를 되돌려주려다가 오히려 자신이 더 큰 상처를 입게 되는 경우도 비일비재하다.

어려움이 닥쳤을 때 '곧 끝난다'와 '그렇지 않을 것 같다'는 마음 중에서 후자에 더 마음이 기울어진다. 그러나 우리에게는 그 다음의 시간이 존재한다.

고대 이스라엘 왕 다윗이 궁의 세공인에게 반지를 만들라고 했다. 반지에는 승리에 도취되어 교만해지는 것을 막고 절망에 빠졌을 때 좌절하지 않을 용기와 희망을 줄 수 있는 글귀를 넣으라고 명령했다. 아무리 생각해도 글귀가 떠오르지 않자 세공인은 지혜로운 솔로몬 왕자에게 물었다. 그

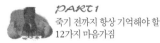

러자 솔로몬은 이러한 글귀를 적었다고 한다.

'이 또한 지나가리.'

그렇다 모든 것은 지나간다. 시간이 지나면 상처로 인한 현재의 고통은
사라지거나 적어도 엷어진다. 어디 그 뿐인가? 힘든 경험은 그 전보다 더
마음 깊고 넓은 사람이 될 수 있게 해준다. 그래서 원수도 용서하고, 주고
받은 상처에 대해 서로 이해하고 용서받을 수 있다.

절대로 용서할 수 없다고 생각했던 사람이었지만 오랜 시간이 지나면
그 일이 사람까지 잃을 만큼 큰 일이 아니었다는 사실을 깨닫게 된다. 또
한 그때 받았던 상처가 사실 그 정도로 심각하게 생각할 만한 것이 아니었
다는 사실도 나중에는 알게 된다.

실연의 상처 속에서 다시는 누구를 사랑할 수 없을 것 같지만 실은 그렇
지 않은 것과 마찬가지다.

미국 유일의 4선 대통령인 프랭클린 루스벨트에게 최고의 내조자인 부
인 엘리너 루즈벨트 여사에게는 크나큰 시련과 상처가 있었다. 그녀는
1918년 남편의 외도 사실을 알았다. 그토록 사랑하고 믿었던 남편으로부
터 배신감을 느끼자 하늘이 무너질 만큼 절망했지만, 그녀는 남편을 이해
하고 받아들였다.

프랭클린은 그로부터 3년 후 소아마비에 걸리고 만다. 엘리너는 그러한 남편의 곁에서 7년 동안 재활훈련을 도왔다. 남편이 대통령이 된 후에도 건강이 악화되자 그의 눈과 귀가 되어 제반 현황과 계획, 여론을 수시로 남편에게 보고했다. 그리하여 사람들은 엘리너가 없었으면 루스벨트도 없었다고 이야기한다. 그녀가 루스벨트의 외도를 용서하고 그때 입은 상처를 극복하지 못했다면 그 이후의 공적은 존재하지도 않았을 것이다. 그녀는 자신의 삶을 오래 길게 내다본 것이다.

상처를 기꺼이 받아들이고, 조용히 극복하는 사람은 강하고 아름답다. 그 사람의 극복은 인내가 아니라 앞으로 맞이할 시간을 준비한 것처럼 보인다. 따라서 상처를 받은 만큼 상처를 주는 것보다 상처를 극복하고 상처를 준 사람을 용서해야 한다.

상처를 치유하는 방법

힘들지만 가장 빠르게 회복할 수 있는 방법은 나에게 상처를 준 사람을 찾아가서 "나는 당신이 나에게 상처를 준 일에 대해서 용서한다."고 말하는 것이다.

최성규 인천 순복음교회 담임목사는 사업을 하다가 친구에게 사기를 당하여 재산을 몽땅 날려버렸다. 그는 끓어오르는 배신감과 분노를 도저히 참을 수가 없었다. 철석같이 믿었던 친구로부터 사기를 당했다는 것이 그에게는 너무나도 큰 상처로 남았다. 마음속에는 친구에 대한 분노가 떠나지 않았다. 그러나 그는 성경을 통해 용서하는 법을 배워서 그대로 실천하기로 했다. 그리하여 최 목사는 자신에게 사기를 친 친구를 찾아가서 "네가 나에게 사기 친 일에 대해서 용서한다."라고 말했다고 한다. 그러자 친구에 대한 분노와 적개심이 사라지면서 오히려 마음이 더 편안해졌다고 한다.

직접 당사자를 찾아가는 것이 힘들다면 두 번째 방법이 있다. 이메일이나 편지를 써서 보내는 것이다. 이메일이나 편지로 그가 당신에게 준 상처를 용서한다고 말하는 것이다. 이때 그가 나에게 상처 준 일에 대해 구체적으로 명시할 필요가 있다. 그래야만 상대는 자신이 다른 사람에게 상처를 준 사실을 깨닫고 반성하게 된다.

용서의 편지는 쓰기는 쉽지만 잘 부치지는 못한다. 그렇다면 다 쓴 다음 큰 소리로 읽고 폐기 처분하거나 간직해도 된다. 다 읽고 난 다음에 커다란 짐을 벗어버리듯 홀가분한 기분이 든다면 효력이 있는 것이다.

하지만 용서를 했다고 해도 한 번만으로는 깨끗이 잊히지 않는다. 때로는 분노와 감정이 다시 살아나기도 할 것이다. 그럴 때마다 다시 한 번 그 사람을 용서하기로 했던 마음을 떠올린다. 그러다 보면 시간이 흐르고 상처도 많이 옅어져 있을 것이다. 조급함만 버리면 얼마든지 용서해 줄 수 있다.

'용서'라는 것은 매우 힘든 일임에는 분명하다. 무작위로 친절을 베푸는 것보다 훨씬 어렵다. 어쩌면 후회 없는 삶을 살기 위해 해야 할 일 중에서 가장 힘들지도 모른다. 하지만 과거의 안 좋은 연결고리를 잘라내는 순간부터 후회 없는 삶을 살게 될 것이다.

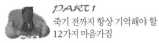

PART1
죽기 전까지 항상 기억해야 할
12가지 마음가짐

누군가에게
상처를 주었다면
사과하라

Bucket List 08

살다보면 의식적으로나 무의식적으로 남에게 상처를 주게 된다. 인간
은 모두 불완전한 존재이기 때문이다. 생각 없이 한 말이나 행동이 상대에
게는 큰 상처가 되는 경우가 많다.

2008년 미국 민주당의 유력 대선 후보였던 버락 오바마가 디트로이트
외곽에 위치한 스털링 하이츠의 한 자동차 회사를 방문했을 때의 일이다.
그의 방문을 취재 중이던 지역 방송사의 여기자가 자동차 산업 근로자들
에 대한 지원 의사를 묻자, "잠깐만요 스위티, 언론에 곧 발표할 겁니다. 감
사합니다."라고 말한 뒤 자리를 떴다.

미국에서 '스위티(sweetie)'는 연인이나 친구 사이에 애정을 담아 부르는 호칭인데 초면인 사람, 그것도 여기자에게 그런 말을 한 것은 성희롱에 해당되는 것이었다. 직후 오바마는 여기자를 스위티로 부른 데 대해 즉시 사과했고, 상처를 주려는 의도가 전혀 없었다고 밝혔다.

상처를 받는 또 다른 경우는 나의 주장에 대해 누군가가 비난 섞인 반박을 할 때다. 그런데 항상 잘하는 사람도 없고, 뭐든지 옳은 사람은 더더욱 없다. 항상 자신이 옳다고 생각하고 있는 사람을 대하는 것만으로도 우리는 기분이 나쁘다. 그의 교만이 누군가를 향해 있을 때 그 누군가는 상처를 받게 된다. 인간은 누구나 자신이 옳다는 생각을 조금씩은 하면서 산다. 싸움의 변을 들어보면 잘못한 사람은 항상 아무도 없다.

알베르 카뮈와 프랑수아 모리아크는 프랑스 국민들부터 가장 많은 존경을 받는 지성인이다. 이 두 작가는 제2차 세계대전 당시 레지스탕스였다. 전쟁이 끝나자 나치 부역자들에 대한 청산작업에서 두 사람의 의견은 극과 극이었다. 카뮈는 진실과 정의를 구현해야 한다는 입장에서 나치 부역자들에 대한 처벌을 강력히 주장했고, 반면 모리아크는 전쟁이라는 불가피한 상황에서 제기된 부역에 대해 관용을 호소했다. 그러나 나치 치하에서 치를 떨었던 프랑스 국민들은 모리아크를 비난했다.

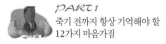

청산 작업으로 1만 명 이상이 사형을 당했다. 그러는 과정에 모략과 중상이 남발하고, 억울한 희생자도 속출했다. 생계를 위해 어쩔 수 없이 독일군과 매춘 행위를 했던 여성들은 삭발을 당한 채 대낮에 시내에 끌려 다니는 광경이 벌어졌다. 정의라는 이름의 광기가 무수한 희생자를 만들었다.

부조리의 작가 카뮈는 부역자들에게 불의라는 부조리는 보았지만 이렇게 참담하게 진행되는 집단의 부조리를 미처 생각지 못했던 것이다. 집단적인 광기가 극에 달하자 카뮈는 모리아크가 옳았고, 자신이 틀렸음을 고백하면서 모리아크에게 사과했다. 카뮈의 진심어린 사과는 프랑스 국민들의 마음을 움직여 마침내 광기의 집단적 처벌은 사라지게 되었다.

시간이 지나 돌아보면 당시에는 모르고 지나쳤던 잘못이 보이기도 한다. 이미 지나간 일이고 누군가에게 피해나 상처를 입히지 않았다면 자기 성찰로 족하다. 그러나 누군가가 상처를 받았다면 알게 된 즉시 사과를 해야 한다.

사과는 내 마음을 편안하게 한다

사과에 어려움을 느끼는 사람이 이외로 많다. 사과를 하면 지는 것이라고 생각하기 때문이다. 따라서 사과를 할 줄 아는 사람들은 참으로 용기 있는 사람이다. 사과는 루저의 언어가 아니라 리더의 언어다.

또한 사과를 하면 자신의 처지가 볼품없어질 것만 같은 두려움을 갖고 있다. 그러나 당신으로 인해 상처받은 사람이 겪게 될 고통에 비하면 아무것도 아니다.

의도하지 않았으나 당신 때문에 상처를 받은 사람이 있다면 꼭 사과를 하고 상대방의 앙금을 풀어라. 상처는 자신이 부족해서 생기는 경우도 있지만 당신이 준 상처에 대해서는 책임을 져야 한다. 그래서 속담에 '맞은 놈은 펴고 자고 때린 놈은 오그리고 잔다.'는 말이 있지 않은가. 누군가에게 피해를 준 것에 대해 마음이 불편하다면 얼른 사과하는 것이 자기 자신에게도 더 편안한 일이다. 자신의 잘못을 인정하는 태도, 나에 대한 적개심을 가지고 있을 상대방에게 용서를 구하는 일은 매우 훌륭한 행동이다.

만일 당신이 진심에서 우러나는 사과를 하고 싶지 않거나 사과를 할 만한 일이 아니라고 생각했다면 "그 일로 인해 그렇게 상처를 받았다니 내 마음이 편치 않다. 빨리 극복했으면 좋겠다."는 정도의 말이나 마음을 보여주면 된다. 당신이 용서를 청하면 그가 옳고 당신이 잘못했다는 것처럼 보여서 불편할 수도 있지만 당신이 용서를 구하는 부분은 일어난 사실 전체에 대해서가 아니기 때문에 그렇게 생각할 필요는 없다.

홧김에 하고 싶은 말을 다 퍼부었다면 속은 시원하겠지만, 시간이 지나

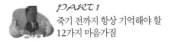

면서 마음이 불편해진다. 그러나 이미 해버린 말은 없어지지 않는다. 만일 당신이 생각해도 심한 말이었다면 들은 사람은 어떠했겠는가. 말 못할 상처를 받았을 것이다. 이런 경우 당연히 사과해야 한다. 그것도 빠른 시일 내에 사과해야 한다.

우리들 삶이 물리적으로 바뀌는 기적은 잘 일어나지 않는다. 다만 당신이 준 상처로 상대방이 괴로운 시간을 보내고 있다면 미안한 마음을 표현하거나 전달하는 것으로 기적은 조금씩 일어날 수 있다. 아무런 제스처도 하지 않고 있는 동안 상대방의 상처는 더욱 깊어지고 결국 나쁜 결과가 되어 돌아온다면 그것이야말로 가장 크게 후회하게 되는 일이다.

죽기 전에, 아니 더 늦기 전에 반드시 해야 할 일은 누군가에게 내가 상처를 주었다면 그 사람에게 진심어린 사과를 하는 것이다. 그렇지 않으면 당신은 언젠가 후회하게 된다. 후회할 때는 이미 늦었다. 늦기 전 지금 즉시 사과하라.

상처를 준 사람에게 직접 찾아가서 사과하는 것이 가장 좋은 방법이지만 그것이 어려우면 전화로 하라. 그것도 어려우면 편지를 쓰라. 진심으로 사과하는 마음을 담아서.

주위에
덕을
베풀어라

　세상 모든 꽃이 다 아름다운 건 아니지만, 대부분의 꽃은 아름답고 화려하다. 그 아름다움과 화려함은 겨울 내내 혹독한 추위 속에서도 뿌리가 생명을 부둥켜안고 지낸 결과다. 그러나 그토록 아름다운 꽃의 생명은 생각보다 짧다. 크고 화려한 꽃일수록 짧게 피고 진다. 인생도 이와 크게 다르지 않다.

　인생을 60분에 비유하면 진짜 꽃피는 절정의 시간은 고작 5분~10분에 불과하다고 세상을 먼저 살다가 간 선배들은 말한다. 어쩌면 꽃피는 10분을 위해 젊어서 온갖 고생을 마다하지 않고, 꽃이 진 후에도 그 화려했던 개화기를 마음속에서 되새김질하면서 고단한 인생을 참고 사는지도 모른다.

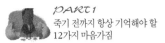

보통 우리 인생에서 꽃이 피기 시작한 시기를 '전성기'라고 부른다. 전성기란 단지 돈을 많이 벌었거나 출세를 한 시기를 말하는 것은 아니다. 전성기의 참뜻은 자신의 인생에서 그 어느 때보다 자신의 존재 의미를 스스로 확신하는 때이다. 우리는 어쩌면 그 전성기 시대를 위해 전력질주 중인지도 모른다.

필자가 중학생 시절, 전국민의 영웅이었던 박치기왕 김일은 1967년 세계프로레슬링협회 헤비급챔피언이 된 후 70년 말까지 사각의 링 위에서 호쾌한 박치기 한방으로 우리들의 시름을 날렸다. 그의 존재감을 스스로 확인할 수 있었던 전성기는 10년 남짓한 기간이었다. 하지만 그렇게 사각링 위를 호령하던 그도 1987년부터 레슬링 후유증으로 각종 질병에 시달렸고, 2006년 만성신부전증 및 심장혈관의 이상으로 인한 심장마비로 77세에 생을 마감했다.

비록 인생의 60분 중 단 5분, 10분에 불과한 전성기지만 결코 그 시간을 외면할 수 없다. 꽃을 피움으로써 생명을 이어가듯, 삶은 스스로의 존재 의미를 확신하게 되는 진정한 의미의 전성기를 경험함으로써 나아지고 성숙해진다.

요즘처럼 자신의 미래가 정해져 있다고 생각하는 사람들이 많은 시대에 조건과 형편을 내세워 인생에 전성기는 없다고 포기하는 젊은이들을 볼 때면 너무도 안타깝다. 그러나 분명히 기억해야 한다. 누구에게나 전성기가 있다는 것을. 그리고 그 전성기는 아직 오지 않았을 수도 있으므로 언젠가는 반드시 올 것이라는 것을 말이다.

오늘 "내 생애 최고의 날은 아직 오지 않았으므로 오늘, 지금 여기에서 내 인생의 전성기를 다시 만들기 시작하겠다."고 결심하라. 그 결심을 하는 순간부터 당신의 인생에는 새로운 전성기가 열릴 것이다.

꽃이 필 때는 영원할 것 같지만 실제는 그렇지 않다. 사실 꽃은 피우기만 한다고 해서 끝이 아니다. 진정 꽃이 피려면 아름답게 맺히는 꽃봉오리만큼이나 시들어 가는 꽃의 아름다움도 껴안을 수 있어야 한다.

사람도 마찬가지다. 나이를 먹으면서 아름다움과 건강함이 늘 예전만 하기를 기대하기는 어렵다. 꽃이 피고 지듯이 삶도 결국 피고 지는 것이다. 우리네 삶은 꽃나무와 다르지 않다.

사람의 덕은 만년 동안 훈훈하다

화향천리행 인덕만년훈(花香千里行 人德萬年薰). '꽃향기는 천리 길을 가지만 사람의 덕은 만년 동안 훈훈하다'는 뜻이다. 사람의 향기는 곧 그 사람의 덕이다. 크고 탐스러운 꽃이든 작고 보잘것없어 보이는 들꽃이든 모두 나름대로의 향기가 있다. 꽃은 향기가 있기 마련이다. 그런데 힘들고 어

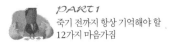

려운 곳에 피는 꽃일수록 더욱 향기가 짙다고 말한다. 아무도 찾지 않는 높고 험한 곳에 피는 꽃일수록 꽃은 자신의 존재를 알리기 위해 눈물겹도록 향기를 발산한다고 한다.

사람도 마찬가지다. 어려운 상황에서 살아나기 위해 몸부림치듯 삶이 치열하고 열정적일수록 그 삶이 자아내는 향기는 짙다. 결국 당신의 삶이 내뿜는 향기는 당신의 삶이 열심히 일을 해 흘린 땀과 열정이 빚어낸 것과 닮을 수밖에 없는 것이다. 꽃이 피는 것은 며칠이지만 꽃의 향기는 가슴 속에 아련히 남는다. 마찬가지로 사람의 삶은 우주의 시간 속에서 보면 찰나에 불과하지만 그것의 향기 곧 덕은 세월을 넘어 무궁하게 존재할 것이다.

오래도록 주위에 멋진 향기를 남기고 싶다면 이웃에게 덕을 베풀어 보라. 요즘처럼 각박한 세상에 덕을 베풀라는 것이 세상 물정 모르는 말이라고 할 수 있지만 그럴수록 덕의 향기는 깊고 오래 가는 법이다.

한 소년이 호수에서 헤엄을 치면서 놀다가 그만 발에 쥐가 나서 점점 물 속으로 가라앉고 있었다. 있는 힘을 다해 구해달라고 소리치자 가난한 농부의 아들인 한 소년이 마침 지나가던 길에 소리를 듣고 물속에 뛰어들어 물에 빠진 소년을 구했다. 그때부터 두 소년은 가장 친한 친구가 되었다.

그 후 물에 빠졌던 소년은 도시로 이사를 가게 되었다. 방학 때마다 도시로 놀러온 시골소년에게 어느 날 도시소년이 장차 무엇이 되고 싶으냐고 물었다. 그러자 그 시골소년은 한참 생각하더니 의사가 되고 싶다고 말했다. 시골소년은 그렇게 말은 했지만 항상 가난한 자신의 형편으로는 자신의 꿈을 이루기 불가능하다고 생각했다. 시골소년과 헤어진 도시소년은 자신의 아버지를 설득하여 시골소년이 도시에서 자신이 하고 싶은 공부를 할 수 있도록 해주었다. 친구의 우정에 감동한 시골소년은 열심히 공부하여 의과대학을 마친 뒤 훌륭한 의사가 되었다. 그 소년이 바로 '페니실린'이라는 경이적인 의약품을 발견하여 수백만 명의 사람들을 질병으로부터 구해낸 알렉산더 플레밍이다. 그의 친구였던 도시소년도 열심히 공부하여 자기 분야에서 성공한 사람이 되었다. 그는 영국의 전 총리 윈스턴 처칠이다.

제2차 세계대전 중에 폐렴에 걸려 생명에 적신호가 켜진 처칠에게 플레밍의 페니실린은 생명줄이 되었고 이렇게 둘의 우정은 덕을 주고 갚으며 더욱 깊어졌다.

이웃에게 덕을 베풀라는 것은 대단한 일을 하라는 것이 아니다. 사소한 작은 일이라도 좋다. 주위에 어려움을 겪고 있는 사람에게 내가 할 수 있는 선에서 마음을 다해 도와주는 일, 전철 안에서 당신에게 손을 내미는 불쌍한 사람에게 단돈 얼마의 정성을 보여주는 일, 크리스마스를 앞두고 구세군 자선냄비에 작은 성의를 표시하는 일, 전철이나 버스 안에서 몸이 불

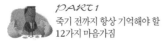

편한 노인이나 장애인, 임신부를 보면 자리를 양보해주는 일 등 사소하게 생각할 수 있는 이 모든 일이 덕을 쌓는 일이다.

앤드류 카네기는 자신의 자서전에서 덕에 관해 이렇게 이야기했다.

"받는 것보다 주는 것이 행복하다는 것은 곧 진리이다. 힘이 닿는 데까지 최대한 남을 도와주었다고 느끼는 사람은 실로 행복한 사람이다. 덕은 외롭지 않다. 덕을 베풀면 반드시 결과가 있다. 친절을 베푸는 행위는 절대로 헛되지 않는 법이다."

꼭 무엇인가를 얻기 위해 덕을 베푸는 것이 아니라 덕을 베푸는 삶이 일상이 되면 그것은 자연스럽게 부메랑이 되어 나에게 돌아온다는 의미이다.

봉사
활동을
하라

봉사활동을 즐기는 사람들의 얼굴에는 대개 행복감이 진하게 배어있다. 이들은 한결같이 "봉사활동을 하면서 나 자신이 더 많은 것을 배웠다"고 말한다. 봉사활동에 참여하는 사람들은 대부분 큰 만족감과 성취감을 느끼고, 인생과 세상에 대한 긍정적 시각을 갖게 된다.

마하트마 간디는 "기쁨 없는 봉사는 봉사하는 사람에게도, 봉사를 받는 사람에게도 아무 도움이 못 된다. 그러나 기쁨으로 한 봉사 앞에서는 모든 쾌락과 소유가 무색해진다."라고 말했다. 봉사활동은 처음에는 아무런 대가를 기대하지 않고 남을 위해 일하는 것으로 시작하지만, 나중에는 오히려 자신을 돕는 활동으로 바뀐다.

자원봉사활동은 부유층이나 종교 단체의 자선활동에서 처음 시작됐다. 그러나 산업화와 도시화가 빠르게 진행되면서 이제는 개인 차원을 넘어 공동체 운동으로 발전하게 됐다.

영국에서는 17세기의 혼란했던 사회를 바로잡기 위해 시민들이 자발적으로 '볼런티어(volunteer)'라는 조직을 만들었는데, 이때 '자원봉사'라는 용어가 처음으로 생겨났다. 18세기 후반 들어 빈곤을 비롯한 여러 사회 문제를 해결하는 활동이 활발해지면서, 영국의 자원봉사활동은 지역사회 공동체를 회복하기 위한 사회운동으로 진화해갔다. 오늘날 자원봉사활동은 교통과 환경, 범죄, 지역사회 문제 등 활동 대상이 사회 전반으로 넓어졌고, 활동 참가자도 모든 사회 구성원으로 확대돼 있다.

봉사활동은 시야를 넓혀주고 세상을 폭넓게 이해할 수 있도록 해준다. 정체성을 재확립하게 만들고, 자신과 타인 그리고 자신과 사회, 나아가 세계와의 관계를 재설정하게 만든다. 기업들이 임직원들을 봉사활동에 참여하도록 권장하고, 채용 때 봉사활동 참가자들을 우대하고 있는 것도 이러한 이유 때문이다.

안전행정부가 조사한 결과 우리나라 국민의 50.5%가 주당 1시간 이상을 자원봉사활동에 쓰고 있는데, 봉사활동을 지속적으로 하는 주된 이유 중 하나가 '새로운 시각을 가질 수 있어서'였다고 한다.

미국 하버드 의대에서도 '봉사'라는 키워드로 매우 흥미로운 실험을 한 적이 있다. 하버드 의대생들이 직접 참여하여 진행한 이 실험의 결과는 우리가 왜 봉사활동을 지속적으로 해야 하는지에 대한 이유를 보여준다.

한 그룹의 학생들은 돈을 받고 일정시간 노동에 참여한다. 또 다른 그룹의 학생들은 아무런 대가가 주어지지 않는 봉사활동에 참여했다. 연구팀은 노동을 끝낸 학생들과 무료봉사활동에 참여한 학생들의 면역기능 변화를 조사했다. 그 결과 놀랍게도 무료봉사활동에 참여했던 그룹의 학생들에게서 나쁜 병균을 물리치는 항생체가 발견되었고 면역기능도 크게 증가했다.

실험은 계속되었다. 이번에는 학생들에게 '마더 테레사'의 전기를 읽게 한 후 신체의 변화를 조사한 결과 봉사활동에 직접 참가하지 않고 마더 테레사의 전기를 읽는 것만으로도 면역기능이 향상되었던 것이다.

이렇게 직접 봉사활동에 참가하지 않더라도 타인에 대한 봉사를 생각하거나 다른 사람이 봉사를 실천하는 모습만 보아도 인간의 면역능력이 향상되는 것을 두고 하버드 의대 연구팀은 '마더 테레사 효과(Teresa Effect)'라고 이름 지었다.

인간의 침 속에는 나쁜 바이러스와 싸우는 면역항체인 '면역글로불린 A(Immunoglobulin A)'라는 것이 함유되어 있는데 근심걱정이나 지나친

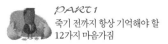

긴장상태가 지속되면 입 안에 침이 마르면서 이 항체가 줄어든다고 한다. 이와 같은 사실을 이용해 또 하나의 실험이 진행됐다.

실험에 앞서 학생들의 IgA 수치를 조사하여 기록한 후 마더 테레사의 일대기가 담긴 영화를 보여주었다. 영화를 관람하는 동안 학생들의 IgA 수치가 어떻게 변화하는지를 알아보기 위한 실험이었다. 결과는 모든 학생들의 IgA 수치가 실험 전과 비교하여 상승했다는 것이다.

'헬퍼스 하이(Helpers High)'라는 용어가 있다. 미국의 내과 의사인 앨런 룩스(Allan luks)가 쓴 『선행의 치유력』이라는 책에서 최초로 사용된 것으로 알려진 이 용어는 대부분의 사람들이 남을 돕는 활동을 하면 정서적인 만족감을 느끼게 되는데 이것이 인간의 신체에서도 일정기간 동안 긍정적인 변화를 야기한다는 내용이다. 단순히 정신적으로 잠깐 기분이 좋아지는 것으로 끝나는 게 아니라, 혈압과 콜레스테롤 수치가 정상적으로 좋아지거나 엔도르핀이 평소의 3배 이상 분비되어 몸의 활력이 넘치는 등 신체적으로도 반응이 일어난다는 것이다.

어쩌면 봉사는 남을 위하는 일이지만 봉사를 통해 얻게 되는 몸과 마음의 기쁨은 결국 나에게 돌아온다. 즉, 남을 돕는 일이 결국 나를 돕는 일이 되는 것이다.

많은 사람들이 사랑과 여행 그리고 봉사활동을 20대에 꼭 해봐야 할 일로 꼽고 있다. 이것들이 모두 인생을 바꿀 만큼 강한 영향을 미치기 때문이다. 이 가운데서도 특히 봉사활동은 한 인간의 삶의 방향을 결정하는 데 직접 영향을 준다.

"여행과 봉사활동은 나이 들어서도 할 수 있으니, 젊은 시절에는 열심히 사랑해야 한다."고 말하는 사람도 있다. 그러나 젊은 시절의 봉사활동은 누구보다 먼저 세상을 넓게 보는 안목을 갖게 하고, 행복한 인생의 참맛을 느낄 수 있도록 해준다.

요즘은 모든 매체들이 급속도로 발달하고 그로 인해 인생에서 결정해야 할 모든 정보들을 쉽게 얻을 수 있기 때문에 오히려 목표를 정하는 일이 더 힘들어지기도 하고, 자신이 가야할 길이 어디인지, 무엇을 왜 하려고 하는지, 무엇을 잘할 수 있는지가 분명하지 않은 젊은이들이 많다. 이런 사람들에게 봉사활동은 많은 체험을 통해 세상과 나를 알게 한다. 인생이라는 바다로 떠나는 여행은 목표와 목적지가 어디냐에 따라 행로와 일정이 달라지고, 타고 갈 배와 함께 항해에 나설 선원도 바뀐다.

봉사활동은 인생 여행을 앞둔 사람들에게 자신의 가능성과 잠재력을 깨닫게 하고, 자신감과 성취감을 갖게 한다. 자신이 사회와 조직의 구성원으로서 어떤 의미를 갖고 있는지 확인시켜준다.

세상으로 가는 여행 역시 혼자 떠나서는 결코 성공할 수 없다. 여행은 함께 가야 재미있고, 어려움을 극복할 수 있다. 자원봉사는 어떻게 하면 풍

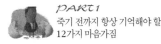

요로운 세상에 도달할 수 있는지를 배우는 학습과정이다. 그 방법을 배울 수 있다면 우리는 어떤 환경에서라도 삶의 의미와 행복감을 느낄 수 있을 것이다.

해비타트(사랑의 집짓기) 운동에 참여하고 있는 지미 카터 전 미국 대통령은 "가진 자의 풍요는 없는 자의 빈곤에서 비롯된다."고 강조했다. 나 혼자만의 풍요가 계속될 수 없다는 것은 이미 인류 역사를 통해 끊임없이 확인되고 있다.

아프리카 오지에서 평생 의료 봉사활동을 해온 슈바이처는 이렇게 말했다.

"내가 알고 있는 오직 하나의 사실은, 당신들 가운데 참으로 행복하게 될 사람은 봉사할 방법을 찾아 봉사하는 사람들이라는 것이다."

평생을 헐벗고 굶주린 이웃들을 돌보며 보낸 20세기의 성녀 마더 테레사, 그녀가 이끌었던 인도 캘커타의 한 봉사단체 사무실에는 지금도 다음과 같은 글귀가 걸려 있다고 한다.

"만약 그대가 두 개의 빵을 갖고 있다면, 하나는 가난한 사람에게 내어주고 또 하나는 그 빵을 팔아 히아신스 꽃을 사십시오. 그대의 영혼을 사랑으로 가득 채울 수 있도록……."

온가족이 함께 봉사활동에 참여하라

혼자서 봉사활동에 참여할 수도 있지만 가족과 함께라면 더욱 의미 있는 시간을 보낼 수 있을 것이다. 가족자원봉사활동은 단체나 기관에 더욱 도움이 될 뿐 아니라 가족구성원 모두에게도 아주 보람 있는 활동이 될 것이다. 사회에서 각자의 역할이 다르기에 자칫 소원해지기 쉬운 가족구성원들이 봉사활동을 함께 하면서 의사소통을 하고, 서로에 대해 이해하게 되는 계기가 된다.

또한 가족이 함께 봉사활동에 참여함으로써 가족 간에 서로 양보하고 도움을 주면서 유대감을 형성하게 되고 그 유대감이 평소 서로에 대한 무관심과 갈등을 해결할 수 있는 원동력이 되어 건강한 가정으로 나아갈 수 있는 밑거름이 된다. 또 봉사활동을 하면서 생성되는 올바른 가치관과 타인에 대한 배려심은 가족관계에서 구성원들에 대한 이해와 배려로 이어진다. 이로 인해서 가족 간에 효과적인 의사소통을 하게 함은 물론이고, 잠재적인 문제치유능력이 향상되어 가족문제가 생길 때에도 이를 원활히 해결할 수 있는 힘을 기르게 한다. 그러므로 가족자원봉사가 건강한 가정을 이룩함에 있어서 중요한 역할을 한다는 것은 간과할 수 없는 중요한 사실이며, 요즘처럼 가족 해체와 위기의 가정이 속출하고 있는 시점에서 가족문제를 사전에 예방할 수 있는 새로운 대안으로 의미가 크다고 할 수 있다.

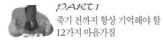

이제 4년간 가족자원봉사활동에 참여한 어느 가족의 소감을 들어보자.

"우리 가족은 한마디로 '복(福) 터진 가족'이다. 몹시 속된 표현이긴 하지만 적당한 말을 찾자면 그 말이 제격이다. 우리 가족은 2008년 8월부터 4년째 숙명여자대학교와 함께하는 용산구 건강가정지원센터의 〈가족봉사단〉으로 활동하면서 참으로 얻은 것과 배운 것, 느낀 것이 많다. 그것도 공짜로 말이다.

우리 가족이 가족봉사단으로 활동하기 전에는 휴일이 되면 자녀와 함께 박물관 견학, 영화감상, 공연관람, 놀이동산 가기, 등산, 매스컴에서 경치가 빼어나다고 보도된 곳을 찾아 여행을 하는 등의 향락적이고 즉흥적이고 소비적인 활동이 대부분이었다. 그러나 가족봉사단으로 활동을 하면서부터 우리 가족은 센터에서 실시하는 다양한 봉사활동에 참여함으로써 우리와 함께 살고 있지만 소외된 이웃과 다양한 형태의 가족에 대해 생각하게 되었고, 우리 가족 간의 사랑과 유대감이 더욱 돈독해졌다."

은혜를
입었다면
보답하라

독일 문학의 상징 괴테는 "은혜를 모르는 것은 근본적인 결함이다.
그렇기에 은혜를 모르는 사람은 삶이라는 영역에서 무능한 자라고 할 수
있다. 타인의 은혜에 감사할 줄 아는 마음, 그것은 건실한 인간의 첫 번째
조건이다."라며 타인의 은혜에 감사할 줄 아는 삶이 건강한 삶이라 강조
했다.

우리는 이 세상에 태어나면서부터 부모님으로부터 많은 은혜를 받으며
성장한다. 좀 더 자라서는 학교에서 선생님으로부터 가르침을 받고 자란
다. 그리고 사회에 나와서는 선배나 상사 그리고 동료들로부터 유형무형
의 덕을 입으며 생활한다. 이뿐만 아니다. 어려운 일이나 인생의 중대한 고

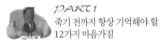

비에 생각지도 않은 사람들로부터 예상치 못한 신세를 지게 된다. 이것은 인생의 운명을 바꾼 것이나 마찬가지이므로 '은혜'라고 할 수 있을 것이다.

이런 식으로 나에게 은혜를 베푼 사람들이 있다면 응당 어떤 형태로든지 보답하는 것이 사람의 도리다. 나에게 이득이 되는 일이 있다면 그 이득은 누군가의 은혜에 의한 것임을 알아야 한다.

누구나 험난한 인생을 사는 가운데 인생에 주어진 축복과 이익에 대해서 생각하다 보면, 특히 나에게 은혜를 베푼 사람이 떠오를 것이다. 당신에게도 그런 사람이 분명히 있을 것이다. 그런 사람이 떠오르면 무엇보다도 우선 감사의 편지를 쓰라. 그러면 당신의 행복지수도 올라갈 것이다.

감사의 편지를 쓰는 방법

요즘 같은 때에 편지를 쓴다는 말이 좀 어색하게 받아들여질 수 있을 것이다. 당신 또한 편지를 써본 지가 언제인지 기억조차 가물가물할 것이기 때문이다. 게다가 잊은 지 오래인 사람에게 편지를 쓰는 것은 더욱 어색하게 느껴질 것이다. 하지만 용기를 내어 감사의 편지를 써보라.

감사의 편지를 쓰는 데는 특별한 형식은 없으며 그저 마음이 내키는 대로 쓰면 된다. 편지를 다 쓴 다음에는 가능하면 상대방이 보는 앞에서 편지를 읽어주거나 아니면 당신이 직접 찾아가서 편지를 전한 다음, 그 자리에서 읽어보게 하면 좋다. 직접 전달하기가 어렵다면 우편이나 이메일 또는 팩스로 보낸 다음 전화로 확인하라. 이런 방법이 여의치 않다면 상대방에게 읽어주는 듯이 쓴 편지를 혼자서 소리 내어 읽어본다. 감사하는 상대와 당신만의 특별한 추억이 있는 장소에서 하면 더 좋다. 이 방법은 부모나 배우자, 친구 등 세상을 떠난 사람들에게 감사를 전하고 싶을 때 하면 좋다.

이쯤에서 어느 여류시인이 돌아가신 은사님께 쓴 편지를 소개하고 싶다. 다 쓴 편지를 읽기에 가장 좋은 장소로 은사님이 묻혀 있는 묘지를 택했다. 이미 오래전에 쓴 편지라 낡았지만 그녀는 읽을 때마다 은사님에 대한 감사의 마음이 그녀의 가슴을 적셨다. 그녀의 편지 중에서 인상 깊은 부분만 발췌한다.

오늘따라 선생님이 보고 싶습니다. 선생님은 멋진 분이라는 것을 이제야 알겠습니다. 저도 이제 결혼하여 초등학교에 다니는 아이가 있습니다. 아이들의 숙제를 봐줄 때마다 선생님이 생각납니다. 제가 이렇게 가정에서는 좋은 엄마이자 직장에서는 본분을 다하는 사람이 될 수 있었던 것은 모두 선생님께서 올바르게 가르쳐주신 덕분입니다. 저를 이렇게 사람답게 살도록 해 주셔서 정말 감사해요.

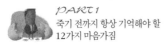

언제나 사랑으로 저희들을 대해주시고 올바른 인성을 키워주려 노력하셨던 선생님, 선생님께 감사를 드릴 일이 너무 많아서 말로 다 표현해 낼 수가 없습니다. 그러나 오늘따라 문득 선생님이 생각나 이렇게 편지를 써서 선생님이 고이 잠들어 계신 곳에서 감사의 서한을 올립니다. 선생님, 정말 감사합니다.

선생님, 보고 싶습니다. 선생님이 생존해 계셨다면 더없이 좋겠지만, 지금도 제 가까이 계신다는 걸 알아요. 저를 지켜보신다는 것을 압니다. 선생님의 가르침을 잊지 않고 부끄럽지 않은 인생을 살겠습니다. 선생님의 명복을 빕니다. 감사합니다.

내가 만약 제자에게 이런 편지를 받게 된다면 너무나 감격스러워서 눈물을 흘렸을 것만 같다. 묘지에 잠드신 선생님도 제자의 편지에 '내가 누군가의 인생에 평생토록 기억되는 사람이라니 내 인생도 너무나 감사했구나.'하며 감동스러워 하실 것이다.

감사의 마음이 담긴 편지를 쓰는 데는 특별한 양식이 필요한 것은 아니지만 다음과 같은 내용이 들어가면 효과적이다.

- 편지를 쓰는 이유를 적는다.
- 감사함을 느낀 부분을 되도록이면 구체적으로 적는다.

- 감사한 일에 대해 예를 들어 설명한다.
- 상대방의 행동이 당신에게 어떤 영향을 끼쳤는지 적는다. 당신이 배운 것과 도움이 된 것을 함께 적는다.

감사편지를 쓸 때는 상대방에 대해 감사한 마음을 느끼면서 써야 한다. 편지 내용을 두세 번 읽어보고 당신의 생각과 감정이 잘 표현되었는지 확인한다. 편지를 전해주기 위해 방문할 날짜와 시간을 함께 적는 것도 잊지 않는다. 감사의 편지를 쓰겠다는 결정을 하는 게 쉽지 않지만 일단 쓰고 받아보면 쓴 사람과 받은 사람 모두에게 커다란 영향을 준다는 것을 느낄 수 있을 것이다. 어쩌면 당신이 생각한 것보다 더욱 놀라운 결과가 있을지도 모른다.

감사편지를 쓸 때 반드시 기억해야 할 것은 편지를 쓰는 것이 단지 당신의 기분을 좋게 만들기 위해서가 아니라는 점이다. 당신이 느끼는 고마움을 상대에게 전하는 데에 목적이 있다. 결국 당신이 아니라 상대방을 위한 행동이다.

감사의 편지를 쓰고 전달하는 일이 당신이 기대했던 것과 반대 방향으로 흐를 수도 있다. 상대방이 그 편지를 어떻게 받아들일지, 그에 따른 당신의 기분은 어쩔지 등을 막연하게 기대하지 말라. 감사의 편지를 쓰는 것은 당신 자신을 위해서가 아니라 그것이 올바른 행동이라는 이유에서 행

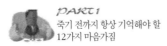

해져야 한다.

　그 다음에 정성이 담긴 선물을 할 수 있다면 더 좋다. 선물은 마음의 표시다. 따라서 크고 작은 것이 문제가 아니라 정성이 있느냐 없느냐가 문제다. 선물의 종류는 당신이 그 사람으로부터 입은 은혜의 크기와 충분히 비례될 만한 것으로 한다. 그리고 받을 사람의 취향에 따르는 것이 좋다. 선물을 전해줄 날짜는 명절이나 생일 등 특정한 날로 정하는 것이 좋다.

감사하다는 말은
시기를
놓치지 말라

Bucket List 12

얼마 전 타계한 남아프리카공화국 전 대통령 넬슨 만델라는 그의 자서전 『나 자신과의 대화』에 이렇게 썼다.

"감옥에 있다 나오면 작은 것에도 감사하게 된다. 언제든지 원할 때 산책하고, 길을 건너고, 상점에 들어가 신문을 사고, 말하고 싶을 때 말하고, 말하기 싫을 때 말하지 않을 수 있다는 생각에, 자신을 스스로 통제할 수 있는 단순한 행위들에 말이다. 자유로운 사람은 이런 것에 늘 감사하지 않는다. 사람은 속박을 당한 뒤에야 그런 자유를 기쁘게 받아들인다."

그렇다. 우리는 매일 똑같은 공기를 마시고, 편리한 교통수단들을 이용하고, 자유롭게 먹고 이야기하며 산다. 어쩌면 당연한 것들이라 생각되기

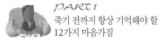

에 그 고마움을 모르고 사는지도 모른다.

그러나 우리는 살면서 눈에 보이지 않는 것부터 눈에 보이는 많은 것들로부터 도움을 받으며 살고 있다. 부모, 형제, 부부는 물론 낯모르는 사람들로부터 고마움을 느낄 때가 종종 있다. 모르는 길을 헤매고 있을 때 친절하게 알려주는 사람으로부터, 주차로 애를 먹고 있을 때 어디선가 자신의 자리를 양보해주는 사람으로부터, 상을 당했을 때 두 팔 걷고 달려와 밤을 새면서 위로해주는 사람들에게서 우리는 감사함을 느낀다. 그런데 그렇게 도움을 받으면서도 제대로 감사하다는 말을 전하지 못할 때가 많다. 마음속으로는 감사하다는 감정을 느끼면서도 말이다.

이 세상에서 가장 아름다운 음악이라도 누군가가 연주하지 않으면 두루마리 화장지보다 못하다. 그렇듯 아무리 좋은 말도 마음에 품고만 있으면 소용이 없다. '감사하다'는 말도 입으로 말해야 가치가 있으며 상대가 당신의 마음을 알게 된다.

말주변이 없으면 없는 대로 마음을 표현하면 된다. 어떤 여자가 사랑하는 남자에게 '고맙다'는 말을 듣고는 너무나 감격했다고 한다. 왜냐하면 평소 그 남자가 무뚝뚝하고 말주변이 없다는 것을 알고 있었기 때문이다.

감사의 말을 전하는 데도 나름대로 시기가 있다. 적절한 시기를 놓쳐버리면 그 마음은 시간의 먼지 속에 묻혀버린다. 많은 사람들이 어색함이나 부끄러움 때문에 고맙다는 말을 하고 싶어도 입 밖으로 꺼내기를 주저한다. 그러면서 다음에 기회가 되면 말하겠다는 생각을 한다. 그러나 다음엔 기회가 올지 오지 않을지 어느 누구도 장담할 수 없다.

보험회사에서 보험설계사로 일하고 있는 한 여성은 유능하고 친절하여 많은 고객을 확보하고 있었고 보험회사로부터 여러 번의 포상을 받았다. 그녀는 특히 고객관리를 중요하게 생각하여 계약을 체결한 고객의 생일은 물론 결혼기념일도 잊지 않고 때마다 축하의 메일이나 전화를 했다.

그녀의 남편은 조그마한 중소기업을 운영하고 있다. 경기가 좋지 않아 사업체를 운영하는 데 힘이 들었지만 퇴근하고 집에 돌아오면 집 안의 청소와 자질구레한 일들을 마다하지 않는 좋은 남편이었다. 때로는 회식으로, 고객과의 만남 등으로 귀가가 늦은 아내에게 항상 미안한 마음으로 자신이 할 수 있는 최대한의 서비스를 다하곤 했다. 보험사설계사인 그녀는 역시 그런 남편에게 고마움을 느끼면서도 한 번도 고맙다는 말을 하지 못했다. 자신의 고객에게는 여러 번에 걸쳐서 고맙다는 인사는 전하면서 말이다.

그러던 어느 날 그의 남편이 사업차 지방으로 출장을 갔다가 돌아오는 길에 자동차 사고로 그만 사망하고 말았다. 그의 아내는 남편의 영정 앞에서 정작 마음으로는 항상 고맙게 느끼면서도 감사하다는 말 한마디 못한 것을 뒤늦게 한탄하면서 미안하다는 말과 함께 오열했다. "여보! 정말 고

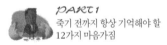

마웠어요. 미안해요."라며 울부짖는 그녀의 목소리는 너무나 허무하게 들렸다. 고맙다는 말도 이렇게 때를 놓치면 허공에 소리치는 것과 같다.

　감사하다는 말은 때를 놓치기 전에 당장 하라. 더 늦기 전에 지금 말하라. 말하기가 어색하면 조그마한 선물이라도 준비하여 선물과 함께 감사하다는 편지를 써라. 부모님께는 키워주셔서 감사하다고, 부모님의 희생과 노력이 있었기에 오늘의 내가 존재하는 것이라고 말하라. 배우자에게도 고맙다는 말을 하라. 당신이 옆에 있어서 행복하다고. 스승을 찾아가서도 감사하다는 말을 하라. 스승님의 가르침이 힘든 이 세상을 살아가는 데에 큰 힘이 된다고 전하라.

　고마움을 모르는 것은 불행한 인생이요, 외로운 인생이다. 그동안 고마움을 마음속에 품고 있었다면 오늘 그 마음을 어떤 방법으로든지 전해보자. 직접 찾아가기가 힘들면 전화로라도 "정말 감사합니다."라고 말하자.

PART 2

살아 있는 동안
놓치지
말아야 할
9가지 가치

Bucket List No.42

자존감은 즉 자신을 사랑하는 것이다.
자신을 사랑하기 위해서는
자신의 존재 자체를 인정해야 한다

외면해서는
안 되는
진실
┐

Bucket List 01

영국의 자연사학자 헨리 월터 베이츠는 그의 동료 알프레드 러셀 월리스와 함께 아마존 우림에 서식하고 있는 곤충들을 연구했다. 그들의 목적은 아마존 강 밀림에서 곤충과 동물을 수집하고 분류하고자 함이었다. 수집, 분류에 대한 연구결과는 『자연에서 일어나는 의태(擬態)』라는 논문으로 발표되었고, 그 논문에서 베이츠는 한 나비가 다른 나비처럼 겉모습을 위장하는 것을 보고, 방어능력이 없는 생물이 경계색이나 주위와 비슷한 색깔로 제 몸 색깔을 바꾸어 다른 생물로부터 자신을 보호하는 '의태'를 세계 최초로 발견했다고 저술했다.

또한 뻐꾸기는 다른 새의 둥지에 무단 침입하여 둥지 주인이 낳은 알과

흡사한 알을 낳고, 개개비는 뻐꾸기가 자신의 둥지에 낳은 알을 거두어 키운다고 한다. 뻐꾸기는 다른 새들을 속임으로써 출산, 양육시설과 보모를 공짜로 얻는 이득을 누리는 것이다.

말 못하는 동물도 생존을 위해서 이렇게 남을 속인다. 더군다나 생각이 있고, 말을 할 줄 아는 인간은 오죽하겠는가. 문제는 뻐꾸기처럼 생존을 위한 것도, 어쩔 수 없는 상황도 아닌데 자신의 이익만을 위해서 옳지 못한 행동을 한다는 점이다. 또 하나의 문제는 자신의 잘못된 행동에 대해서 스스로 합리화한다는 것이다.

만약 당신이 회사의 공금을 횡령한 다음 자신이 회사에 기여한 만큼 회사에서 충분한 보상을 주지 않아 자신이 원하는 만큼 풍부한 생활을 할 수 없기 때문에 그런 부당한 행위를 저질렀다고 합리화했다고 가정하자. 하지만 언젠가는 진실이 밝혀질 것이고, 당신은 그로 인해서 더 초라한 삶을 살게 될지도 모른다.

또 당신이 매일 술에 빠져 산다면 회사일로 인해 스트레스를 풀기 위해 술을 마신다고 합리화 할 수도 있다. 그러나 당신은 술로 인해 몸을 망가뜨리게 될 것이고 그 때문에 더 이상 일을 할 수 없는 몸이 되어 더 많은 스트레스를 받을지도 모른다.

마음속의 생각은 육체에 영향을 준다. 그리하여 불면증이나 소화불량, 두통 등 신체에 문제를 일으킨다. 우리가 선택한 말과 행동은 우리 자신과

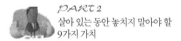

다른 사람들에게 어떤 형태로든 영향을 준다. 그것이 즐거움을 줄 수도 있고, 혼란과 고통을 줄 수도 있다.

진실을 외면하는 이유

그렇다면 사람들이 진실을 외면하는 이유가 무엇일까? 우리는 성장하면서 자신의 행동으로 인해 좋지 못한 결과를 가져오는 경험을 했다. 부엌에서 실수로 그릇을 깼을 때, 주택가에서 공을 차고 놀다가 남의 집 유리창을 깼을 때 우리는 꾸중을 들은 일이 있다. 이처럼 본의 아니게 한 행동에 대해서 예기치 못한 체벌을 받은 경험이 있기 때문이다. 또한 그 사실을 부인하거나 외면했을 때 처벌을 면하게 되는 일도 경험했다. 그리하여 우리는 나중에 진실이 밝혀지면 더 곤란해질 수 있다는 생각보다 처벌이나 비난을 받는 결과를 우선 피하고 보자는 생각부터 하게 된다.

정치인이나 기업인들이 부정을 저질러놓고도(나중에 사실로 밝혀질 것임에도 불구하고) 그런 사실에 대해서 우선 발뺌하고 보는 것도 같은 맥락에서 나오는 행동이다. 하지만 나중에 그 사실이 밝혀지면서 부정한 사실보다 그 부정을 부인한 일로 인해 더 치명적인 결과를 낳게 되는 경우가 더많다. 물론 무죄로 입증되거나 사실이 아닌 것으로 판명되는 경우도 없지 않지만, 그것을 부인함으로써 명예가 실추되는 것을 생각지 못하고 우선 처벌을 피하고 보자는 생각으로 진실을 외면한다.

진실하게 사는 사람들은 자신의 이익이나 불이익을 위해서 진실을 외면하지 않는다. 진실에 직면함으로써 어떤 나쁜 결과가 오더라도 당당하게 진실을 이야기한다. 그 예로 많은 사람들은 조지 워싱턴을 든다.

어느 날 어린 조지 워싱턴은 너무 심심했던 나머지 창고에서 도끼를 가져와 정원에 있는 나무를 찍으며 놀았다. 그것은 아버지가 애지중지하는 벚나무였다. 때마침 외출 중이었던 아버지가 돌아와 아끼는 벚나무가 잘린 것을 보고 분노하여 흑인 하인들을 불러서 물었다. 영문을 모르는 하인들은 아무 대답도 할 수 없었고 더욱 화가 난 그의 아버지는 하인들을 향해 소리쳤다. 머리끝까지 분노가 차오른 아버지에게 다가가는 것이 쉽지 않았을 텐데도 조지 워싱턴은 도끼를 들고 나타나 조금도 주저하지 않고 자신이 한 일이라고 자백했다. 그때 진실을 고백하면 아버지의 무서운 체벌이 예상됐음에도 불구하고 조지 워싱턴은 피하지 않았다. 어떤 불이익을 감수하고서도 자신의 잘못을 남이 뒤집어쓰지 않도록 진실을 외면하지 않았던 조지 워싱턴의 용기 있는 행동이었다. 그의 아버지는 이러한 아들의 행동에 칭찬을 아끼지 않았다.

우리는 사회생활을 하면서 진실을 외면하게 만드는 상황들을 많이 만난다. 또 진실에 대한 직면과 외면 사이의 선택을 강요받는 경우도 있다. 이때 우리는 고민하게 된다. 더욱 고민하게 만드는 것은 나의 이익과 관계되는 경우다. 이런 경우 언젠가 진실은 밝혀진다는 생각으로 눈앞의 이익보다 미래를 먼저 생각해야 한다. 그리고 후회 없는 선택을 해야 한다. 그러기 위해서는 항상 올바른 가치관을 가져야 하며 진실을 절대로 외면하지 않겠다는 다짐을 자신에게 해야 한다.

톨스토이는 자신의 저서에 이런 글을 남겼다.

'어떤 일에서든 진실하라. 진실한 것이 더 쉬운 것이다. 어떠한 일이든 거짓에 의해서 해결하는 것보다는 진실에 의해서 해결하는 편이 항상 보다 직선적이며 보다 신속하게 처리된다. 그리고 남에게 하는 거짓말은 문제를 혼란시키고 해결을 더욱 멀게 할 뿐이다. 그러나 그보다 더욱 나쁜 것은 겉으로는 진실한 척하면서 자기 자신에게 하는 거짓말이다. 그것은 결국 그 인간의 평생을 망치게 될 것이다.'

우리가 삶을 진실하게 살아야 하는 이유가 이 글 속에 모두 담겨 있는 듯하다. 진실을 외면하지 않는 것, 그것이 우리가 살아 있는 동안 놓쳐서는 안 되는 중요한 가치다.

예금
통장과
같은 신뢰

Bucket List 02

'신뢰'를 뜻하는 'Trust'라는 단어는 '편안함'이라는 의미를 가진 독일
어 'Trost'에서 온 말이라고 한다. 누군가를 믿을 수 있을 때 우리는 마음
을 놓는다. 혹시 나를 배신하지 않을까, 나를 속이려는 게 아닐까 하는 염
려를 할 필요가 없기 때문이다.

신뢰는 이처럼 사람과 사람 사이의 믿음과 관계된 가치이므로 신뢰를
얻지 못한 사람은 인간관계에서 많은 어려움을 겪는다. 인간관계에서 가
장 중요한 요소를 꼽는다면 파트너십, 리더십도 아니다. 그것은 바로 신뢰
이다. 신뢰를 잃으면 모든 것을 잃는다.

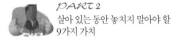

"성실은 신뢰의 기반이 되며, 리더십의 한 요소라기보다는 그 산물이다. 신뢰는 구한다고 얻어지는 것이 아니라 남들이 줄 때만 가질 수 있는 것이다."

워렌 베니스가 그의 저서 『21세기 창조자 뉴리더의 조건』에서 한 말이다. 신뢰는 하루아침에 쌓을 수 없다. 수년 동안 살아가면서 사람들에게 믿음을 줄 때 생기는 것이다. 또 신뢰는 단 한 번에 쌓이지 않는다. 반복된 말과 행동을 통해서 서서히 축적된다. 신뢰를 얻어 나가는 것은 건물을 짓는 것과 같다. 적지 않은 시간이 소요되며 차근차근 조금씩 쌓아가야 한다.

"저 사람은 괜찮은 사람이야."

"저 회사, 애프터서비스 정말 좋아."

별것 아닌 말이지만 이 말을 듣기까지 적지 않은 시간이 걸린다. 많은 시간을 쌓아 신뢰를 얻지만, 그것을 잃을 때는 순간적이다. 신뢰는 그 사람의 말과 행동이 일치할 때 구축된다. 또한 당신의 신뢰는 사람들이 당신을 대할 때 편안함을 느낀다면 형성된 것이라고 볼 수 있다.

휠라코리아 대표 윤윤수 회장은 대학졸업 후 샐러리맨으로 직장생활을 하면서 많은 실패와 시행착오를 겪었다. 그는 말단 직원으로 시작해 임원에 이르기까지 신뢰를 얻지 못하면 기업을 운영할 수 없다는 것을 점점 깨달아가기 시작했다.

평범한 직장인 생활을 하던 윤 회장은 어느 수출기업으로부터 스카우트

제의를 받게 된다. 그는 수출담당 이사로 한국에서 생산한 신발을 미국에 수출하는 업무를 맡아 한국과 미국을 오가며 바쁜 나날을 보냈다. 게다가 대규모 수출 계약을 성사시키면서 미국 지사까지 설립하게 되었고 지사에 돈을 벌어줄 수익 모델을 개발하기 위해 더욱 바쁜 시간을 보내고 있었다.

어느 날 한국행 비행기 안에서 경제잡지를 읽던 윤 회장은 잡지 속에 등장한 사진 한 장에서 새로운 아이디어를 얻어냈다. 그 사진은 바로 영화 'E.T.'에 나오는 주인공 ET였다.

1982년 스티븐 스필버그 감독이 연출한 이 영화의 주인공 ET는 얼굴이 온통 주름으로 가득했고 사람도 동물도 아닌 괴상한 모습을 하고 있었다. 그러나 다년간의 무역업 종사로 다져진 그의 직감이 그것을 상품화 해야겠다는 생각으로 이어졌고 한국으로 돌아온 윤 회장은 즉시 실행에 옮겼다.

샘플로 제작된 ET인형은 생각대로 미국에서 아주 좋은 반응을 얻었고, 이에 자신감을 얻은 윤 회장은 이 인형을 만드는 데 더욱 박차를 가했다.

그러나 기쁨도 잠시 ET인형의 저작권을 가지고 있었던 미국의 한 회사가 지적재산권 위반으로 제소하는 일이 벌어져 수출은커녕 40만 달러에 달하는 벌금을 물어야 했다. 윤 회장은 이 일의 대한 책임을 지기 위해 오클랜드 항구에 나가 여섯 개의 컨테이너에 들어 있던 인형을 손수 불사르고 기업에는 사표를 제출했다.

지금은 세계적인 기업의 회장이 되었지만 회사에서 정한 출근시간을 가장 잘 지키고 직원들과의 격의 없는 대화를 통해 더욱 단단한 신뢰의 탑을 쌓아가는 중이다. 무엇보다 현장 경영을 중시하는 윤 회장은 직원들에게 지시만 하는 상사가 아니라 본인이 스스로 먼저 행동함으로써 말과 행동의 일치를 몸소 보여주고 있다.

일상생활에서 말과 행동을 일치시킨다는 것은 그야말로 쉬운 일이 아니다. 특히 기업인들은 더욱 그렇다. 직원들에게 좋은 말은 다 하면서도 정작 자신이 행동으로 옮기는 경영인은 많지 않다. 그래서 그런 태도의 경영자들은 직원들로부터 신뢰를 얻지 못한다. 그러나 윤 회장은 말을 하기에 앞서 몸으로, 행동으로 본을 보여주었기 때문에 직원들은 물론 그와 계약을 맺는 사람들도 그를 더욱 신뢰하게 된 것이다.

자신에게 진실하라

다른 사람에게 진실하기에 앞서 자기 자신에게 진실해야 한다.

"무엇보다도 이것을 명심하라. 자신에게 진실한 사람은, 밤이 지나면 아침이 오듯이 타인에게도 거짓을 행하지 못한다."

셰익스피어의 말이다. 자신에게 정직하지 못하면 다른 사람에게도 정직할 수가 없다. 자기기만은 인간관계의 적이며, 당신의 성장까지도 저해하는 요소다. 따라서 자신의 결점을 인정하지 못하는 사람은 그것을 고치기 어렵다.

자신을 잘 살펴보라. 당신은 자신에게 정직하며 진실한가? 자신과 한 약속을 끝까지 지키는가? 지키지 못한다면 다른 사람에게 당신을 신뢰해 달라고 말하지 말라. 당신이 먼저 자신을 믿는 것이 우선이다. 그것이 선행된 다음에야 남에게도 믿음을 줄 수 있다.

그렇지만 많은 사람들이 솔직하게 말하기를 두려워한다. 너무 솔직하게 말하면 나를 얕보지 않을까, 내가 손해 보는 건 아닐까 하는 마음이 진실한 마음을 감추게 한다. 그래서 때로는 진지하고 허심탄회한 대화가 불가능하게 되고 괜히 거리감이 생겨 좋을 뻔한 인간관계가 파괴된다.

오히려 누군가에게 진실하지 못하는 것은 인간관계가 깨지지 않을까 하는 무의식적인 두려움에서 나온다. 우리 자신은 솔직해야 된다는 것을 알면서도 그런 자세가 상대방에게 거부당하거나 무시당하지 않을까 하는 두려움을 낳아 결국 진실을 선택하지 않는다.

신뢰는 은행 예금과 같다

당신이 어떤 누군가와 인간관계를 쌓아나가기 시작했다고 생각하자. 이

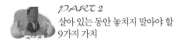

것을 예금에 비유하자면 상대방은 예금 통장이고 신뢰는 돈이 될 것이다. 당신이 상대방을 향해 도움을 주거나 호의를 베풀었다면 그것은 플러스 요인이므로 상대방의 마음에 신뢰도가 쌓인다. 반면 당신이 상대방에게 거짓말을 하거나 약속을 지키지 않는 등의 마이너스 요인이 되는 행동을 했다면 당신에 대한 상대방의 신뢰도는 그만큼 떨어질 것이다. 돈이 통장에 들어가고 빠지는 것처럼 상대방의 마음에 당신에 대한 신뢰도도 들어가고 빠지게 되는 것이다.

인간관계에서 당신이 얼마나 타인에게 신뢰감을 주었는지 하루를 마감하는 자리에서 다음과 같은 질문들을 스스로에게 하며 답해보기를 바란다.

당신은 OO에게 얼마만큼의 신뢰를 저축했는가?
- 중요한 인간관계에 있어서 당신의 신뢰에 손상을 줄만한 행동들을 했는가? 만약 했다면 그것을 바로 잡기 위해 어떠한 노력을 해야 하는가? 한시도 지체하지 말고 즉시 다음과 같이 하라.
  ① 사과하라.
  ② 왜 그런 행동을 했는지 자신에게 물어라.
  ③ 신뢰를 회복하는 것은 그것을 잃을 때보다 더 많은 시간과 노력이 필요하다는 것을 명심하라.
  ④ 신뢰는 말이 아닌 행동으로써 회복된다는 사실을 명심하라.

신뢰를 얻지 못하면 성공적인 삶을 이룰 수 없음은 물론 사회생활을 제대로 영위할 수도 없다. 따라서 신뢰는 죽기 전까지 놓치지 말아야 할 중요한 가치다.

최고의
미덕,
겸손

겸손은 인간을 변화시켜 좀 더 멋진 인생을 살도록 하게 하는 힘을 가졌다. 그것은 우리가 한계를 가진 인간임을 깨닫게 해주며, 그 한계를 통해서 우리가 무엇을 해야 할지 생각하게 한다. 또한 모든 일을 더 잘할 수 있는 가능성이 있음을 인식하게 한다.

겸손은 나보다 타인을 더 존중하고 자기 자신이 매우 뛰어난 사람이라도 그것을 일부러 남에게 내세우지 않는 태도를 가질 때 우러나오는 것이다. 겸손은 당신이 언제 어디서나 배움을 구할 수 있는 일이나 사람이 있다는 사실을 인정하는 것이기도 하다. 개인생활에서나 또는 조직생활에서 하고 있는 일의 가치와 의미를 항상 생각하고, 새로운 목표를 향해 자신의 능력을 개발하며 주위 사람들로부터 끊임없이 배워나가고 새로운 길을 만들어 나가도록 해준다.

괴테의 저서『괴테의 말』에서 괴테는 겸손을 '타인의 마음을 얻는 방법'이라고도 말했다. '타인의 마음을 이해하는 일에는 요령이 있다. 누구를 대하든 자신이 상대방의 아랫사람이 되는 것이다. 그러면 저절로 자세가 겸손해지고, 이로써 상대에게 좋은 인상을 남길 수 있다. 그리고 상대는 마음을 열게 된다.'

괴테는 겸손이 '타인을 이해하는 일'이라고 정의했다. 이해는 우리가 잘 알고 있듯이 영어로 'understand'라 한다. 'understand'는 단어 그대로 'under(밑에)-stand(서다)'라는 의미다. 남을 위에서 내려다보는 사람은 절대 다른 사람을 이해할 수 없다. 이해는 'overstand'가 아니지 않은가. 아래에 서야지만 비로소 타인을 이해할 수 있는 시야가 생기는 것이다.

국내 마취의학의 권위자이자 대한의학회장을 지냈던 서울의대 마취과 김광우 교수. 그는 1997년 신장암 판정을 받고 수술을 받았으나 얼마 지나지 않아 암이 재발하면서 장기의 일부를 제거하는 수술을 받고도 온갖 후유증에 시달리며 서울대병원에서 고통스러운 생활을 이어가고 있었다.

어느 날 병원에서는 의대생들과 전공의 등이 참석하는 학술간담회가 개

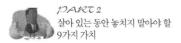

최되었고, 다른 사람들의 만류에도 노교수는 휠체어를 타고 무대 위로 올랐다.

"내 수술을 집도한 의사조차도 형식적인 회진 이외에 환자의 상태를 면밀히 관찰하려 들지 않는다. 왜 의사가 환자의 곁에 있기를 꺼리는가. 내가 이러니 다른 일반 환자들은 오죽하겠는가. 여러분들은 제발 환자의 검사결과에만 의존하지 말고 환자의 곁에서 오래도록 머물러 줄 수 있는 친절한 의사가 되어 주었으면 한다. 아무쪼록 사라져 가는 어느 선배의 잔소리쯤으로 받아들여 주었으면 좋겠다."

죽음을 앞둔 그의 한마디는 간담회의 참석자들을 숙연하게 만들었다. 환자가 되어본 후에야 환자들의 어려움을 이해하게 되었다는 그의 말은 의사들이 더욱 낮은 자세로 환자들에게 다가가야 한다는 겸손의 자세를 가르쳐준 것이다. 이처럼 당신이 겸손한 태도를 가질 때 자신과 타인과의 관계에서나 당신의 인생에서 실질적인 발전을 위해 아직 해야 할 일이 많다는 것을 인정하게 된다.

겸손은 화려하거나 거창하지 않다. 아주 작은 것까지 챙기는 세심한 마음은 소박하면서도 진실한 선물이기에 받는 사람에게는 참으로 가치가 있다. 겸손이 주는 선물은 삶의 여정 속에서 기억되며 나중에는 오직 이 선물만이 당신 곁에 남게 된다는 것을 알게 된다. 겸손을 통해서 우리는 삶의 아름다움과 선함을 깨닫게 된다. 그래서 동서양을 막론하고 고전에는

'겸손'에 대한 가르침이 그렇게도 많이 존재하는지도 모르겠다.

　중국 주나라의 정치가 주공(周公)은 "하늘의 도는 자만하는 자를 멸하고 겸허한 자를 이롭게 하며, 땅의 도는 자만한 자를 어지럽히고 겸허한 자에게 순응한다. 귀신은 자만한 자를 해치고 겸허한 자에게 복을 내리며, 사람은 자만한 자를 싫어하고 겸허한 자를 좋아한다."고 했다.
　『나니아 연대기』를 남긴 영국 문학의 대표작가 C.S.루이스는 실력 있는 사람만이 겸손할 수 있는 자격을 가질 수 있다고 주장했다.
　"교만의 반대편에 선 미덕은 겸손이다. 만일 누군가 겸손을 배우고 싶어 한다면, 나는 그 사람에게 겸손해질 수 있는 방법을 말해주고 싶다. 그 첫 번째 단계는 '사람은 누구나 교만하다.'는 사실을 인정하는 것이다. 이것은 매우 중요하다. 적어도 이 첫 단계를 밟기 전에는 그 어떤 일도 일어나지 않는다. 만일 자신이 교만하지 않다고 생각한다면, 그것이야 말로 가장 큰 교만이다."

　겸손은 손으로 만질 수 없는 신뢰, 존경심, 이해, 기쁨 등을 자극한다. 이것들은 인생에 있어서 놓쳐서는 안 되는 가장 본질적인 요소이다.
　'겸손'이라는 요소로 성공한 인물로 중국의 후진타오를 들 수 있다.
　1942년 12월 21일 차(茶)를 파는 소상인 아버지 후쩡위와 어머니 리웬

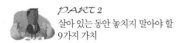

레이 사이에서 태어난 그는, 1992년 가장 어린 나이에 장쩌민으로부터 공산당 중앙정치국 상무위원 7명 중 한 사람으로 부름을 받았다. 그때 그의 공식 직책은 중앙정치국 상무서기 겸 중앙당교 교장이었다. 이때부터 그의 별명은 '황태자'로 불리기 시작했다. 이제 그는 큰 사고만 치지 않으면 10년 뒤에는 13억 중국인의 지도자가 되는 것이다.

그러나 이것은 만만치 않은 일이었다. 주위에는 온갖 적으로 둘러싸인 정치 세계에서 자칫 작은 사고도 대형사고로 확대될 수 있는 법이다. 이런 정치 세계를 간파한 후진타오는 자신의 몸을 낮추기로 했다. 의식적으로, 가식적으로 낮추는 것이 아니었다. 그의 몸 DNA에 존재하는 '겸손'이라는 탁월한 유전자가 움직이기 시작한 것이다. 그는 그 '겸손'의 유전자 덕을 톡톡히 봤다. 그리하여 그는 10년 동안 적을 만들지 않았다. 그것은 누구에게나 겸손을 보인 덕분이다. 그는 당시 어떤 정치인으로도 따라올 수 없을 정도로 겸손했다. 그는 '겸손'을 무기로 10년 동안 자신의 자리를 굳게 지켰으며, 마침내 2002년 11월23일 국가주석의 자리에 올랐다.

후진타오는 어려서부터 야망이 있는 사람이 아니었다. 놀랍게도 '겸손'이라는 무기를 가지고 성공한 사람이다. 그는 '재능'이라는 칼을 '겸손'이라는 칼집에 넣어서 손상시키지 않고 지켰다가 때가 왔을 때 발휘한 것이다. 한마디로 후진 타오는 '겸손'이라는 손으로 만질 수 없는 중요한 요소를 가지고 대성한 인물이다.

겸손한 사람이 되려면

겸손한 사람이 되기 위해서는 어떻게 해야 할까?

첫째, 다른 사람의 말을 경청할 줄 알아야 한다.

대화를 할 때 자기가 하고 싶은 말은 가급적 억제하고 상대방 말에 귀를 기울인다. 그 사람 말에 공감을 표현하고, 이해받고 있으며 존경받고 싶다는 상대방의 소망에 응해줄 수 있어야 한다. 상대방에게 마음을 열어주는 것은 사람들 사이의 관계를 풍요롭게 만든다.

미국 카네기멜론대학 컴퓨터공학과 교수로 재직하던 중 췌장암 말기 판정을 받고 떠나기 전 마지막으로 학생들에게 감동적인 강의를 남겼던 랜디 포시 교수에 대해 들어본 적이 있을 것이다. 그가 마지막으로 했던 강의에서도 남의 말을 듣는 것의 대한 어려움을 이야기했다.

"가장 어려운 것은 듣는 일입니다. 사람들이 당신에게 전해주는 말을 소중히 들으세요. 거기에 내가 원하는 해답이 있을 수 있습니다."

그가 말한 충고대로다. 상대방의 이야기를 듣는 것이 나의 이야기를 전할 수 없어 손해라고 생각할지 모르지만 들음으로써 나에게 도움이 되는 정보를 얻는 경우도 많기 때문이다.

둘째, 순수한 미소를 띠고 친절하게 행동하라.

사람을 대할 때 순수한 미소로 대하면 따뜻한 감정과 함께 동지애 같은 것을 느끼게 한다. 이런 행동은 그동안 격렬한 의견 차이로 소원했던 관계도 정상화시키는 역할을 한다.

셋째, 다른 사람을 대할 때 무관심으로 침묵하거나 귀찮은 듯 대하지 않아야 하며, 방해도 해서는 안 된다.

겸손한 사람은 중요한 일에서 침묵으로 일관하지 않는다. 가능한 한 다른 사람에게 도움이 되는 말과 행동을 하기 위해 애쓴다. 또 상대가 혼자 있고 싶어 한다고 느껴지면 귀찮게 하지 않으며, 충고나 도움도 상대방이 원하지 않을 때는 방해가 되므로 상대방을 자유롭게 내버려 둔다. 또한 타인의 고독을 존중할 줄도 안다.

넷째, 원하는 방식으로 주위의 자연과 마주하라.

차를 몰고 가다가 차를 세워 놓고 하늘에 떠 있는 구름을 쳐다보기도 하고, 바다에서 부는 부드러운 바람도 느끼기도 하고, 흙냄새, 신선한 공기를 마시고 유쾌한 햇살을 맞기도 하라. 즉 자연에 순응하고 자연을 즐기는 행동도 겸손이다.

다섯째, 감사할 줄 알아라.

겸손한 사람은 감사할 줄 안다. 감사 또한 겸손이고, 타인에 대한 고마움에서 겸손이 나온다.

감사를 통해 우정이나 애정을 함께 하는 두 사람은 함께 성장한다.

인간으로서 지켜야 할
마지막 보루,
자존감

┐

Bucket List 04

자존감이란 무엇일까? 자존감이란 살면서 부딪치는 모든 문제를 스스로 해결할 수 있으며, 자신은 행복을 누릴 자격이 충분한 사람이라고 믿는 것이다. 따라서 자존감은 자기 자신을 어떻게 평가하느냐 하는 문제와 관련이 있다.

자존감에는 두 가지 측면이 있다. 하나는 자기를 존중하는 마음, 즉 자아존중감이고, 또 하나는 자신의 능력을 믿는 마음이다. 자아존중감은 자신이 사랑을 받고 행복을 누리는 것이 당연한 일임을 믿는 것이다. 따라서 자신을 무가치하다고 생각하거나 말하는 것은 자신의 생명을 위협하는 것과 마찬가지라고 생각한다.

자신의 능력을 믿는 마음은 스스로 어떤 일을 해낼 수 있는 믿음과 기대를 말한다. 이것은 다른 말로 자신감으로 표현할 수 있다. 자신은 올바른 결정을 내릴 수 있으며 변화에 효과적으로 대응할 수 있다는 것을 믿는 것이다.

영화 〈더 리더-책 읽어주는 남자〉의 원작소설 『더 리더』의 주인공 한나는 문맹이다. 그녀는 독일 나치시대에 유대인들을 잡아 가둔 수용소의 간수다. 그녀는 유대인을 학살한 혐의로 재판을 받게 되었다. 함께 재판을 받고 있는 5명의 간수들은 자신이 저지른 범죄행위를 부인했으나 한나는 사실대로 말했다. 실제 한나는 아무런 잘못이 없음에도 불구하고 다른 간수들이 단합하여 그녀를 모함했고 그녀에게 모든 죄를 뒤집어씌운 것이다.

재판 직전, 판결에 영향을 주는 중요한 문서가 발견되었다. 그동안 수용소에서 간수들의 행동을 낱낱이 기록한 문서였다. 다급해진 다른 5명의 간수들은 그 문서를 한나가 작성했다고 거짓 증언했다. 재판관은 한나에게 문서를 작성한 것이 사실이냐고 물었다. 문맹이었던 한나는 자신이 문맹자라고만 말해도 누명을 벗을 수 있었다. 그러나 한나는 자신이 문맹자임을 밝히지 않았다. 그녀의 자존심이 허락지 않았기 때문이다. 다른 사람들이 자신을 무가치한 인간이라고 생각할까봐, 비웃음거리가 될까봐 자신에게 쓰인 누명을 스스로 뒤집어 쓴 것이다. 그녀는 끝내 사실을 말하

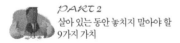

지 않았고 결국 그녀는 20년의 징역형을 받았다. 20년형과 문맹자임을 밝히는 것 사이에 그녀는 심한 갈등을 느꼈을 것이다. 그러나 그녀의 낮은 자존감이 20년형이라는 무거운 짐을 스스로 선택해 짊어지게 된 꼴이 되고 말았다.

스스로가 자신의 무대에 주인공이 되는 세상에서 가장 소중한 마음가짐이기도 한 자존감은 한마디로 자신을 존중하는 것이다. '존중한다'는 말은 여러 가지 감정으로 복잡한 자신의 가치를 인정한다는 의미다. 자신의 가치를 인정하는 사람은 자신의 사회적 지위를 불문하고, 그로 인해서 설사 낮게 평가를 받았더라도 자신을 사랑하고 귀하게 여긴다. 또 자신이 가장 소중한 존재라는 것을 깨닫고, 그 자신을 더욱 아름답게 멋지게 꾸민다.

자존감은 또한 자기 신체에 대한 만족도도 높여 준다. 따라서 자존감이 높은 사람은 자신의 신체에 대해서 만족한다. 반면에 자존감이 낮은 사람은 자기의 외모에 대해서 열등감을 느낀다. 자존감이 높은 사람은 자신의 외모에 대해서 크게 신경을 쓰지 않는다. 그러나 자존감이 낮은 사람은 '다른 사람이 나를 어떻게 생각할지'에 대해 많은 에너지를 쏟고 있기 때문에 외모에 모든 정신을 집중하여 가꾸거나 성형수술도 마다하지 않는 경우가 많다.

자존감은 또 다른 사람과의 공감능력을 높여준다. 남의 감정을 파악하는 EQ도 높다. 반면에 자존감이 낮은 사람은 EQ도 낮다. 자기 자신에 대한 관심도가 낮고 상대방이 어떤 생각을 할지에 많은 관심을 두고 있다. 그러면서도 상대의 감정에 대해서 자기 방식대로 생각하고 판단해버린다. '저 사람은 나를 싫어하는 구나', '나 같은 스타일은 이상하게 생각하겠지' 하고 자기 식대로 해석해 버린다.

자존감이 약한 사람은 열등감을 쉽게 느낀다. 그래서 스스로 자신을 소외시킨다. 자기 자신을 사랑하지 않으니 인간관계에서도 원만하지 못하다. 좋은 인간관계를 유지하려면 공감능력이 있어야 한다. 그것은 평소 자신이 느끼는 감정을 잘 이해하고 받아들이며 안 좋은 감정에 대해서도 긍정적으로 대처할 줄 아는 사람이 가진 능력이다. 자신을 다독일 줄 알아야 상대의 감정을 이해하고 포용할 수 있다.

자존감을 높이는 방법

자존감을 높일 수 있는 비결은 당신 자신과 긍정적인 대화를 나누는 것이다. 자존감을 높이기 위해서는 깨어있을 때마다 자기 자신은 물론 자신의 성과에 대하여 긍정적인 생각을 불어넣어 주어야 한다. 경직되어 있는 자아가 훗날에 더 높은 기준에 순응할 수 있도록 조정해줘야 하기 때문이다. 자존감의 가치를 아는 사람은 자신의 가능성을 믿고 그것을 자신 있게

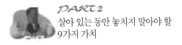

나타낸다.

세계 최대 손해보험회사인 에이온 그룹 회장인 클레멘트 스톤은 매일 아침 직원들에게 이렇게 말한다.

"나는 오늘 기분이 좋다! 나는 오늘 건강하다! 나는 오늘 멋지다."

클레멘트 스톤은 매일 아침 확신에 찬 이 세 문장의 말로 수십 만 명의 영업사원들에게 자신감을 불어넣어 회사를 대그룹으로 만들었다.

자존감을 높일 수 있는 또 다른 방법은 항상 자신이 어떤 말을 하는지 잘 살피는 것이다. 말과 더불어 어떤 생각을 하는지도 잘 살펴봐야 한다. 자존감이 낮은 사람일수록 하루 종일 부정적인 언어와 생각에 빠져 있는 경우가 많다. 당장 중단해야 한다.

자존감은 즉 자신을 사랑하는 것이다. 자신을 사랑하기 위해서는 자신의 존재 자체를 인정해야 한다. 그러므로 되도록 자신에게 좋은 이야기를 해주고 좋은 생각들을 하게 함으로써 자신이 사랑받는 존재이며 다른 사람들에게도 사랑받을 자격이 충분함을 항상 일깨워주어야 한다.

사랑은
인생의
스승

미국의 한 심리연구소에서 18~20세 청소년을 대상으로 '사랑'에 대해서 어떻게 생각하고 있는지에 대해 설문조사를 실시했다. 그들의 답변을 통해서 우리가 알 수 있는 것은 다음과 같은 사실이다.

우선 사랑에 대해서 사람마다 다르게 생각한다는 것은 당연하다. 사람마다 생각과 개성이 다르기 때문이다. 다양하지만 크게 두 가지로 나눌 수 있다. 유희적인 사랑을 선호하는 사람이 있는 반면에 사랑을 소유와 실용의 측면에서 인식하는 사람이 있다. 전자는 대부분 남자들의 생각이고, 후자는 여자들이 압도적으로 많았다. 따라서 사랑을 하게 되면 상대에 대해

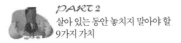

서 누구보다도 더 잘 알고 있다는 것은 착각이다.

또 어떤 사람에게는 사랑은 그저 즐거움의 대상이고, 다른 사람에게는 세상에서 가장 진지한 감정으로 신부님이나 목사님 앞에서 엄숙하게 평생을 약속하는 거룩한 감정이다. 어떤 사람에게는 사랑이 매우 정신적인 것이기도 하다. 사랑은 교류요, 합일이며 헌신이기 때문이다. 하지만 또 어떤 사람에게 사랑은 그럴듯하게 포장된 성적인 본능일 뿐이다.

위의 설문을 통해서 우리가 깨달은 중요한 결과는 어쨌든 사랑은 '쾌락과 이상 사이를 오고가는 추'라는 것이다. 따라서 사랑의 감정이 싹틀 때 최소한의 안전장치를 마련해두어야 한다. 그것은 곧 상대가 사랑에 대해서 어떤 인식을 가지고 있는가를 파악하는 것이다. 이를 통해서 독수리와 황소만큼이나 나와는 다른 상대를 사랑함으로써 어쩔 수 없이 느끼는 환멸을 멀리할 수 있다는 것이다. 이런 교훈을 깨닫고 상대가 나에 대한 올바른 인식과 판단을 통해서 상대가 나와 어울린다고 판단될 때 후회 없는 진정한 사랑이 이루어지게 된다.

진정한 사랑을 위한 6가지 조건

그렇다면 위의 설문조사를 통해서 우리가 유추해볼 수 있는 진정한 사랑이란 무엇일까?

첫째, 사랑은 '흡수'다.

사랑은 일종의 합병이다. 사랑에 빠진 후에는 더 이상 독립적인 삶을 살 수 없다. 사랑을 하면 더 이상 둘이 아닌 하나가 된다. 그 하나를 위해서 두 사람은 저마다 자신에게 주어진 자유를 포기하기도 하고 적당한 희생도 감수하는 것이다.

둘째, 사랑은 '사로잡힘'이다.

사랑을 하면 사랑하는 사람의 얼굴만 떠오르고 오직 그 사람만 생각하고, 그 사람을 삶의 중심에 둔다. 사랑은 육체적으로, 정신적으로, 영혼의 끌림이다.

셋째, 사랑은 '희생'이다.

사랑에 빠진 사람은 자신을 잊어버리고 오직 상대를 위해 희생한다. 사랑은 자신보다 상대방을 더 아끼는 것이다.

넷째, 사랑은 '고통'이다.

달콤한 사랑에 빠져 있어도 언제나 좋을 수는 없다. 사랑에 빠지면, 기

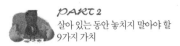

쁨과 고통, 행복과 불행 사이에서 마음이 찢기는 아픔을 느끼기도 한다. 사랑은 세상에서 가장 감미로운 감정이면서 잔인하다. 최고의 행복을 주기도 하지만, 그 포장을 열면 끔찍한 고통이 뒤따르기도 한다.

다섯째, 사랑은 '변화'이다.

사랑에 빠지면 삶의 의미를 깨닫게 되고 나 자신이 과거와 다른 모습으로 변한다. 언제나 함께하고 싶은 그 사람을 위해 기꺼이 상대방이 원하는 사람이 되기 위해 노력한다.

많은 청춘남녀들이 사랑은 하고 싶지만 환경이 여의치 않다고 하소연한다. 공부도 해야 하고 좋은 대학에도 진학해야 하고 학기 중엔 좋은 성적을 유지해야 하며 취업 준비는 바늘구멍만큼 좁기 때문이다. 할 일은 많고 마음의 여유는 없다. 사랑을 생각하는 것조차 인생의 사치라고 생각하는 이들이 많다. 그럼에도 불구하고 여러분들은 사랑을 해야 한다. 사람을 사랑하는 법을 익히고 그 사랑으로 인해 가슴 아픈 경험을 해봐야 한다. 그 사랑은 당신을 성장하게 하기 때문이다.

영화처럼 황홀한 만남을 바라도 된다. 그러나 사랑의 기회는 환상이 아닌 경우가 많다. 바로 내 주변에서 언제나 찾을 수 있다. 학교, 직장, 동호회 등에서 전혀 생각지도 못한 멋진 인연을 만날 수 있는 찬스가 있다. 단지 무심코 넘겨버리는 게 문제다.

평소 자신에게 가장 잘 어울리는 상대가 어떤 성격을 가진 사람일지 그리고 인연으로 만들기 위해 상대방을 사로잡을 수 있는 기술이 무엇일지 잘 생각해두면 기회가 왔을 때 그 기회를 잘 잡을 수 있다. 가끔 로맨스 영화를 보다보면 그런 연인을 어떻게 만나게 되고, 어떻게 설득하여 사랑에 빠지게 되는지 그 실마리를 알 수 있는 경우도 있다.

1995년 개봉한 영화 〈비포 선라이즈〉는 아름다운 로맨스 영화의 대표작이다. 대학생인 여주인공 셀린느는 부다페스트에 사는 할머니를 뵙고 학교 개강에 맞춰 돌아가는 길이었다. 열차 안에서 옆자리 부부의 말다툼에 소란을 피해 뒷좌석으로 자리를 옮기며 미국인 청년인 남자 주인공 제시를 만나게 된다.

남자는 여자 친구를 만나기 위해 유럽에 왔다가 헤어지자는 말을 듣고 오히려 상처만 가득 안은 채 미국행 비행기를 타러 가는 길이었다. 우연히 마주 앉게 된 두 사람은 몇 마디 나누지 않았지만 그 사이 서로에게 호감을 느꼈다.

1999년에 상영된 영화 〈매그놀리아〉의 남자 주인공의 직업은 경찰관이다. 순찰 도중 음악을 유난히 시끄럽게 틀어놓은 집에 주의를 주기 위해서 아파트의 문을 두드리는 순간, 문 앞에 나온 여주인공에게 첫눈에 반하고 만다. 그는 직무상 필요하다는 이유로 가짜 질문을 만들어 그녀에게 애인

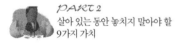

이 없음을 확인한다. 그러고는 커피를 마시면서 데이트 신청을 했고 여자에게서 날짜를 받아낸다. 그는 사랑에 있어 절호의 기회를 놓치지 않은 것이다.

객관적으로 볼 때 남자 주인공은 성실하다는 것 외에 남자로서 내세울 만한 것이 없다. 그는 용의자를 추격하다가 권총을 잃어버리는 어리석은 짓까지 한다. 그러나 이런 바보 같았던 자신의 행동을 여자에게 솔직히 고백하며 오히려 자신이 표리부동한 인간이 아님을 보여준다. 결국 "그대와 같은 연인을 만나기를 지금까지 기다려왔다."는 서투른 말로 여자의 마음을 활짝 열리게 한다. 그때부터 두 사람은 사랑에 빠진다.

이 두 영화의 주인공들처럼 우연한 기회에 자신의 인연을 만날 수 있다. 그런 만남의 기회가 찾아왔을 때 놓치거나 잡거나 하는 것은 오직 두 사람의 몫이다.

만병
통치약,
웃음

생활이 각박해지면서 우리는 웃음을 점차 잃어가고 있다. 직장에서는 치열한 경쟁으로 웃을 여유가 없다. 서로가 보이지 않는 적으로 생각하며 이겨야 할 상대로 생각한다. 또 가정에서는 사회생활에 지쳐 귀가하는 순간부터 함께 웃고 지내기가 힘들다. 시간만 있으면 잠자고 쉬기가 바빠 웃을 마음의 여유조차 없다. 물질적, 정신적 여유가 없이 쫓기다시피 살아가다 보니 웃음이 점차 사라져 간다.

그럼에도 불구하고 우리는 살아 있는 동안 웃음을 잃지 말아야 한다. 억지로라도 자꾸 웃으려고 노력해야 한다. 웃음은 어떤 힘들고 어려운 상황에서도 그것을 이겨낼 수 있는 힘을 주기 때문이다. 따라서 억지로라도 웃

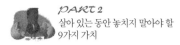

어야 한다. 심리학자들에 의하면, 억지로 웃는 웃음과 자연적으로 웃는 웃음의 차이는 없다고 한다.

'웃음클럽'이라는 것을 최초로 만든 사람은 인도의 외과의사 마던 카타리아 박사다. 그는 웃음 치료 효과에 주목하여 1995년 뭄바이에 최초로 웃음클럽을 만들었다. 처음에는 사람들에게 재미있는 이야기를 해주는 것으로 웃음을 유도했다. 그러다 이야깃거리가 떨어지자 요가 동작을 접목하기 시작했다. 박사는 사람들에게 웃을 이유가 없더라도 웃으라고 권유한다.

현재 인도에는 웃음클럽이 1,800개나 된다. 아침 6시가 되면 웃음클럽에 모인 사람들은 머리를 흔들어대며 웃는다. 그러나 웃음클럽에만 온다고 해서 누구나 다 웃는 것은 아니다. 하지만 그런 사람들에게도 카타리아 박사는 억지로 웃으라고 이야기한다. 왜냐하면 우리의 뇌는 진짜 웃음과 가짜 웃음을 구별하지 못하기 때문이다.

웃음클럽에서는 모든 것이 자유롭다. 웃음 강사들은 '호호'나 '하하' 같은 단순한 어구를 사용해서 사람들에게 웃음을 가르치는 것부터 시작한다. 그리하여 어느 정도 진전이 되면 '사자의 웃음'이라는 것을 따라하게 한다. 이 웃음은 혀를 쑥 내밀고 손을 귀 뒤에서 펄럭거리는 동작을 하면서 웃는 것이다. 카타리아 박사는 웃음이 모든 문제를 해결해주지는 않지만, 웃음으로 인해 마음만은 편하게 만들어 줄 수 있다고 주장한다.

뭄바이에 있는 카타리아 박사의 웃음클럽을 방문한 영국 배우 존 클리

즈는 박사의 훌륭한 유머와 그 효과에 깊은 감명을 받고 박사의 유머를 '민주주의를 위한 힘'이라고까지 칭송했다.

우리나라에도 웃음클럽이 있다. '대한민국 웃음클럽'으로 정해성 씨가 주관하는 웃음클럽이다. 현재 서울과 대전, 부산 등에 지부가 있다.

우리는 왜 살아 있는 동안 많이 웃어야 할까?

미시간 대학의 멕코넬 심리학 교수는 웃음과 인생의 상관관계에 대한 연구 조사 결과를 바탕으로 인생에서 성공하려면 더 많이 웃으라고 주장한다.

"웃는 얼굴은 무한한 보석이며 찡그린 얼굴은 정신적인 오염물질이다. 평판이 좋고 남들로부터 사랑받는 사람은 멋진 미소의 소유자이다. 찡그린 얼굴의 무례한 의사는 싱글벙글 웃는 상냥한 의사보다 두 배 더 많은 의료사고 소송에 휘말리게 된다. 자식의 탈선으로 힘들어하는 부모의 80%는 습관적으로 웃지 않는 부모들이다."

웃음은 우리 몸에서 세로토닌과 엔도르핀의 분비를 촉진한다. 웃음은 '천연진통제'라고 불릴 만큼 참기 힘든 고통에도 그 효과가 크다. 이렇듯 좋은 웃음은 건강에도 좋다.

의학자들이 조사한 바에 의하면, 크게 박장대소하며 웃는 것은 상체 운동을 하는 것과 마찬가지의 효과가 있다고 한다. 그렇게 웃고 나면 정신적으로는 물론 육체적으로도 기쁨을 느낄 수 있다. 즉, 근육의 긴장이 풀리

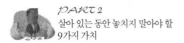

고 폐를 마사지하는 것과 같으며 호흡이 안정되고 혈액순환이 잘 이루어진다. 웃음은 면역체계를 강화하여 백혈구의 생성을 돕기도 한다. 특히 이 백혈구를 '행복세포'라고 부르는데, 감염을 예방하는 역할을 한다.

메릴랜드 대학의 심리학자 로버트 프로바인이 조사한 바에 의하면, 혼자 있을 때보다 다른 사람과 함께 있을 때 더 많이 웃게 된다고 한다. 보통 웃음은 사람과 사람 사이에서 의사소통의 도구가 되는데, 웃음이 상대방의 경계심을 없애주는 말없는 유대감을 형성하기 때문이다.

잠과 마찬가지로 웃음도 편안하고 유쾌하다. 웃음을 통해서 사람들은 더 쉽게 소통한다. 웃음은 행복이라는 집을 쌓는 가장 중요한 벽돌이다. 게다가 껄끄러운 상황이 발생했을 때도 웃음으로 넘기면 상황이 더 악화되는 사태를 막을 수 있고, 자연스럽게 다른 주제로 넘어갈 수 있다.

웃음은 놀라운 치료약이다. 웃을 때 근육이 움직이면 모든 장기와 조직이 마사지를 받는 것과 같은 효과를 낸다. 게다가 혈액에 산소를 충분히 공급하고 임파액이 흐르도록 한다. 배꼽이 빠지도록 신나게 웃으면 유산소 운동을 한 것과 같은 효과가 횡경막 부근에 느껴진다.

조사결과를 보면 웃을 때 심장에 전달되는 혈액의 양이 22%나 증가한다고 한다. 그 이유는 혈관의 안쪽 벽을 이루는 조직이 확장되기 때문이다. 그러므로 많이 웃으면 혈관 내벽이 건강해져서 심혈관의 질병을 줄일 수 있다고 한다.

웃음을 생활화하자

학자들은 항상 웃음과 함께하는 생활법으로 다음과 같은 것들을 말한다.

- 정말 재미있는 농담 하나쯤은 외워둔다.
- 친구들과 함께 웃음클럽을 만든다.
- 코미디 TV 프로나 영화 등을 모아두었다가 특별히 스트레스를 많이 받는 날에 본다.
- 유머를 나눈다. 알고 있는 재미있는 이야기가 있으면 주위 사람들에게 이야기 해주고 함께 웃는다.
- 냉장고 문에 재미있는 만화를 붙여둔다. 스마일 스티커를 자동차나 거울에 붙여두고 볼 때마다 좋은 기분을 느끼도록 노력한다.
- 세상만사를 너무 심각하게 보지 않는다.
- 스케이트, 댄스 등 새로운 취미를 시작한다. 무엇이든지 처음 시작할 때는 신나고 웃음이 나오기 마련이다.

'행복해서 웃는 것이 아니라, 웃기 때문에 행복해진다.'는 말이 있듯이 웃음과 행복은 떼려야 뗄 수 없는 관계를 갖는다. 미국의 제16대 대통령 에이브러햄 링컨도 행복은 그렇게 아주 작은 행동에서 비롯됨을 이야기했다.

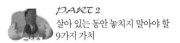

"우리는 우리가 행복해지려고 마음먹은 만큼 행복해질 수 있다. 우리를 행복하게 만드는 것은 우리를 둘러싼 환경이나 조건이 아니라, 늘 긍정적으로 세상을 바라보며 아주 작은 것에서부터 행복을 찾아내는 우리 자신의 생각이다. 행복해지고 싶으면 행복하다고 생각하라."

웃음을 잃지 않을 때, 그 삶은 참으로 유쾌하고 행복한 삶이 된다. 한 번뿐인 인생을, 쏜살같이 지나가는 세월 앞에서 조금이라도 즐겁고 행복하게 살기 위해서는 살아 있는 동안에 웃음을 잃지 않아야 한다.

자유로운
미래를 위한
돈

Bucket List 07

나이 들어서 또는 병석에서 가장 많이 후회하는 것이 젊었을 때, 돈을
한창 벌 때 저축을 열심히 해두지 못한 것이다. 노후에 무엇보다도 필요한
것이 돈이다. 돈이 없으면 노후에 자유로운 생활을 누릴 수도 없거니와 많
은 어려움과 고통이 따르기 때문이다.

돈은 곧 '매너(Manner)'다. 매너란 사는 방식이나 자세를 말한다. 돈이
있느냐, 없느냐에 따라 사는 방식이 갈라지게 된다. 돈이 곧 매너라는 것
은 바로 그런 이유 때문이다.

'돈을 무섭게 생각하라.'는 말이 돈에 인색하게 굴라는 뜻은 아니다. '필
요한 데 쓰고, 그러기 위해서 돈을 벌고 저축하라.'는 말이다.

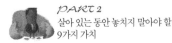
PART 2
살아 있는 동안 놓치지 말아야 할
9가지 가치

젊었을 때는 돈에 신경을 써봤자 모자라는 것이 해결되는 것도 아니고, 돈은 돌고 도는 것이니까 쓰고 없으면 없는 대로 살면 된다는 생각을 하기가 쉽다. 이런 사람에게는 돈이 찾아오지 않는다. 돈을 '있어도 그만 없어도 그만'이라고 하찮게 생각하는 순간 돈은 당신을 더 멀리하게 될지도 모른다.

우리나라 사람들은 유독 돈에 대한 부정적인 감정이 많은 것 같다. 부자들을 바라보는 시선도 대체로 곱지 않다. 부자들은 어떤 부정한 방법으로 돈을 벌었거나 한 방의 행운으로 부를 얻었을 거라고 생각한다. 애타게 재정적인 풍요로움을 원하지만 다른 한 편으로는 그것을 부정적인 시각으로 바라보고 있는 것이다. 돈에 대한 비난을 멈추게 될 때 당신에게도 부가 찾아올 것이다.

항상 돈에 대해 좋은 감정을 가지고 돈을 쓸 때에도 기쁜 마음으로 '이 돈을 쓸 수 있는 것에 감사하는 마음'을 가진다면 돈은 당신을 향해 조금씩 다가올 것이다. 물론 현실적으로도 돈을 모으는 방법에 대해 공부하고 그것을 실천하면서 돈과 친숙해질 수 있는 기회를 많이 만들어야 한다. 벌어들이는 돈의 액수가 적으면 적은 대로 자신의 처지에서 시작할 수 있는 다양한 방법들이 있다.

월스트리트의 살아있는 전설이라 불렸던 존 템플턴은 "감사하는 마음을 가지면 부가 생기고, 불평하는 마음을 가지면 가난이 온다. 감사하는 마음은 행복으로 가는 문을 열어준다. 감사하는 마음은 우리를 신과 함께 있도록 해준다. 늘 모든 일에 감사하게 되면 우리의 근심도 풀린다."라고 말했다. 그는 이러한 생각으로 돈이라는 물질에 항상 감사함을 가졌다. 그로 인해 남들이 보지 못하는 '글로벌 펀드'라는 새로운 분야의 투자 세계를 열어 '영적인 투자가'라는 별명을 얻게 되었다.

자기투자에 인색하지 말라

저축의 목적은 저축을 통해 생긴 금전으로 생활을 좀 더 여유 있게 산다는 의미보다는 자신의 능력을 향상시킬 수 있는 밑거름을 만들기 위함이라고 생각한다. 그저 대학생활을 충실히 하고, 졸업 후 직장에 들어가서 9시부터 6시까지 꾀부리지 않고 열심히 일하는 것이 훌륭하다고 생각하는가? 대학생활이나 직장생활은 식사에 비유하자면 '간단히 먹는 점심' 정도의 형식적인 것에 불과하다. 그것만으로는 인생의 승부에 나설 힘이 생기지 않는다. 아침식사는 기본이고, 저녁식사를 풍부하게 먹어야 승부에서 이길 힘이 생긴다. 여기서 직업과 관계되는 전문지식은 아침식사이고, 그밖에 교양이나 자기 발전에 도움이 되는 지식들은 저녁식사다. 따라서

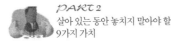

회사 업무에 필요한 지식만이 중요한 것은 아니다. 자신만의 전문지식이 있어야 하고, 인격의 바탕이 되는 교양도 풍부해야 원만한 인간관계를 유지할 수 있으며 창의성을 발휘할 수 있다.

다중지능이론으로 유명한 하워드 가드너는 사람이 어느 한 분야에서 전문가가 되는 기간을 최소 10년으로 보았다.

"어느 분야의 전문지식에 정통하려면 최소한 10년 정도는 꾸준히 노력해야 한다. 창조적인 도약을 이루려면 자기 분야에서 통용되는 지식에 통달해야 한다. 바로 이런 이유에서 10년 정도의 꾸준한 노력이 선행되지 않으면 의미 있는 도약을 이룰 수 없다. 창의성은 10년의 숙성기간을 거치고 나서 10년간 발휘되고 그 다음 10년간 다른 분야로 확산된다. 이것이 이른바 10-10-10 법칙이다."

자신의 전문 분야에서 뛰어난 능력을 발휘하기 위해서는 그만큼의 시간과 노력이 투자되어야 한다. 그 노력을 아낀다면 그만큼 자기발전은 더뎌질 수밖에 없다. 자기투자는 첫째, '하고 싶은 일'을 발견하는 데에 필요하고 둘째, 하고 싶은 일을 계속하는 데에 필요하며 마지막으로 하고 싶은 일을 발견한 뒤 그것을 실천하는 데에 필요하다.

『파브르 곤충기』의 저자로 우리가 잘 알고 있는 곤충학자 장 앙리 파브르는 가난 속에서 이과교사가 되었다. 어느 날 그에게 자신이 수학교사가 되고 싶으니 가르쳐 달라는 한 학생이 나타났다. 당시 이과교사보다 수학교사가 더 많은 보수를 받았다. 파브르는 수학에 대해서 잘 알지도 못하거니와 수학에 대해 가르칠만한 교과서도 없었다. 그러나 파브르는 자신을 찾아온 그 학생에게 수학을 가르치기로 했다. 이런 결정에는 그도 수학교사가 되고 싶은 소망이 있었기 때문이다.

낮에는 이과교사로 학생들을 가르치고 퇴근 후에는 몰래 교무실로 들어가 수학선생님의 책상에서 수학교과서를 가져와 등불 밑에서 공부한 뒤 그것을 학생에게 가르쳤다. 그렇게 밤낮으로 노력 끝에 학생과 파브르는 수학교사 자격증을 획득하게 되었다.

교과서조차 제 돈으로 살 수 없을 정도로 가난했던 환경 속에서도 자신이 원하는 것을 얻기 위해 열심히 공부하고 노력한 끝에 수학교사 자격증을 취득했고 자신의 주가를 훨씬 높게 올려놓은 것이다.

내일을 위해 오늘에 투자하라

직장에 다니고 있다면 들어온 월급이 한 달 동안 어떻게 사용되고 있는지 기록해보라. 그리고 지출한 내용들을 스스로 점검해본다. 미래의 꿈을

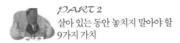

이루기 위해서 꼭 필요한 일들에 지출이 되었는지 확인해 보고, 그렇지 않다면 생활 태도를 바꿔야 한다.

더 나은 미래를 만들기 위해서 가장 쉽게 할 수 있는 일이 바로 책을 읽는 것이다. 책은 자아발견과 자기계발을 위한 필수품이기 때문이다. 당신에게 필요한 책이 어떤 것인지 모르겠다면 대형서점에 가서 분야를 막론하고 10권의 책을 고른다. 그중에 적어도 한 권은 자신에게 꼭 필요한 책이 발견될 것이다. 그 다음 충분히 음미하면서 읽은 뒤 구입하는 것도 방법이다.

요즘은 여러 가지 잡다한 일들로 책 읽을 시간이 나지 않는 사람이 많다. 책 읽는 시간을 만들려면 그런 잡다한 일들을 줄여서 생산적인 활동에 투자할 수 있는 시간을 확보해야 한다. 업무에 있어서도 바쁘지만 일을 신속히 정확하게 마무리하는 능력을 길러가는 것이 도움이 될 것이다. 새로운 것을 익히기 위해서는 돈도 필요하지만 물리적인 시간이 있어야 한다. 그러나 무능해서 바쁘고, 바쁘게 움직이다 보니 무능하다는 소리를 듣는 악순환을 끊기 위해서는 특별히 별도의 시간을 마련할 필요도 있다. 이 시간은 돈으로 사는 것이다. 예를 들어, 당신이 중요하지는 않지만 꼭 해야 하는 일이 생겼다면 다른 사람에게 그 일을 시키고 돈을 지불하는 것이다. 돈으로 시간을 사는 경우다.

귀찮다, 버겁다, 돈이 아깝다고 생각하는 사람은 바쁘다고 투덜대면서 인생을 보낼 수밖에 없다. 그들은 노년에 분명히 후회하게 된다. 그러므로 더 늦기 전에 지금보다 좋은 내일을 위해 오늘에 투자하라.

삶의
전부인
건강

중국의 한 부자가 횡령죄로 심문을 받고 있었다. 재판관은 그 부자에게 세 가지 벌을 제시했고 그 중에 하나를 선택하도록 했다. 첫 번째는 벌금으로 50냥의 은을 내는 것이고, 두 번째는 채찍 50대를 맞는 것, 세 번째는 생마늘 다섯 근을 먹는 것이었다.

부자는 돈을 내기도 싫고 맞는 것도 싫어 마늘 다섯 근을 먹기로 했다. 그리하여 구경꾼들에게 둘러싸인 채 마늘을 먹기 시작했다.

'마늘 다섯 근을 먹는 것이 뭐 그리 어려워, 제일 쉬운 일이지.'

마늘을 먹기 시작하면서 부자는 이렇게 생각했다. 하지만 마늘을 먹으면 먹을수록 맵고 써서 점점 참기가 힘들었다. 두 근을 먹자 오장육부가 타오르는 것 같았고, 온몸이 부들부들 떨렸다. 마침내 부자는 더 이상 참지 못하고 소리를 질렀다.

"마늘은 못 먹겠습니다. 차라리 50대를 맞겠습니다."

집행관은 부자의 옷을 벗기고 의자에 묶었다. 부자는 집행관들이 채찍에 소금물과 고춧가루를 묻히는 것을 보고 또 부들부들 떨기 시작했다. 드디어 채찍이 벌거벗은 부자의 등을 때리기 시작하자 부자는 고통에 소리를 꽥꽥 질러댔다. 결국 너무 아파서 참지 못하고 소리쳤다.

"나으리, 그만 때리세요. 돈 50냥을 내겠습니다."

많은 사람들이 이 부자와 같은 어리석은 선택을 한다. 돈을 아끼려고 자신의 건강을 소중히 여기지 않는 것이다. 그래서 건강을 잃고 질병에 걸려 힘든 고통을 겪은 다음에야 후회한다. 그리고 잃어버린 건강을 다시 찾기 위해 많은 돈을 투자한다. 그러나 때는 이미 늦었다.

젊었을 때는 모르지만 나이가 들면서 점점 몸이 예전 같지 않음을 느끼게 된다. 그래서 뒤늦게 운동이나 식습관 개선 등 건강을 되찾기 위한 노력을 시작한다. 건강을 잃으면 모든 것을 잃는 것이다. 건강은 우리의 생명과 연관되어 있기 때문이다. 건강이 지속되지 않으면 우리의 삶도 지속될 수 없다. 이렇게 소중한 건강의 책임은 자기 자신에게 있다. 건강에 대해서 너무 지나친 관심도 좋지 않지만 지나친 무관심도 옳지 않다. 되도록

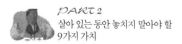

전문가를 찾아가 올바른 지식을 습득한 후에 그에 맞는 관리를 꾸준히 하는 것이 좋다.

건강을 지키려면

너무도 당연한 말이지만 건강을 지키기 위해서는 꾸준히 운동을 해야한다. 일주일에 적어도 2~3일은 규칙적으로 운동을 해야 한다. 운동은 자신의 나이와 체력, 조건에 맞게 하면 된다. 돈을 주고 헬스클럽에 가는 것도 좋지만 돈을 들이지 않고 가장 쉽게 할 수 있는 운동이 바로 걷기다. 이것은 어떠한 조건과 관계없이 의지만 있으면 누구나 할 수 있다.

또 건강한 신체를 유지하려면 자신의 건강에 마이너스가 되는 해로운 습관이나 행동을 삼가야 한다. 운동을 할 여력이 없다면 자신의 몸을 해치는 무익한 습관이나 행동이라도 점차 줄여나가는 노력을 해야 한다.

요즘은 건물이나 식당, 길거리 등에서 흡연을 할 수 없도록 많은 규제들이 생겼다. 국가 차원에서도 국민들의 건강을 위해 이러한 제도를 만든 것이다. 흡연을 즐기는 사람치고 건강한 사람은 없다. 또한 흡연으로 인해 돌이킬 수 없는 질병을 얻는 사례도 많다.

건강을 지키기 위해서 버려야 할 나쁜 습관 중의 또 하나는 체력이나 정신력을 무리할 정도로 혹사하는 일이다. 운동선수들이 나이 들어 건강을 유지하기 힘든 이유가 어릴 때부터 해온 과도한 훈련 즉, 신체적 과로 때문이다. 그리고 체력에만 의존하기 때문에 정신적 수양과 체력과의 균형을 상실할 수 있다. 긴 안목에서 신체적 건강과 정신적 건강을 균형 있게 유지하는 것이 좋다. 건강한 정신은 건강한 육체에 있다는 말도 있지 않은가. 이것은 틀린 말이 아니다.

그런데 40대 이후부터는 강한 정신력을 가진 사람이 신체적 건강도 유지하게 되는 경우가 많은 듯하다. 40세 이전에는 정신적으로 조금 힘들더라도 신체적 건강에 큰 영향을 미치지 않거나 스트레스를 받더라도 여러 가지 활동을 통해서 어느 정도 해소가 되기도 하는데 나이가 들어가면서 정신적 타격이 신체에 미치는 영향이 크다.

건강한 인생을 사는 또 하나의 방법은 '자신이 잘하는 일, 좋아하는 일'을 하는 것이다. 적당한 정도의 몰입과 긴장, 스트레스는 오히려 건강에 도움이 되기도 하기 때문이다. 그리고 그런 일을 해야 지치지 않고 중년, 노년이 되어서도 정신적인 건강을 유지할 수 있다. 만약 자신이 어떤 일에 적성을 가졌는지 모른다면 더 늦기 전에 그것을 발견하기 위해 애써야 한다. 애플의 창시자 스티브 잡스도 2005년 스탠포드 대학 졸업연설에서 졸업생들을 향해 이것을 찾는 일의 중요성에 대해 언급했다.

"저를 계속 움직이게 했던 힘은 제가 하는 일에 대한 애정이었습니다. 일은 여러분의 인생의 큰 부분을 채우게 될 것이고 여러분이 위대하다고 믿는 그 일을 하는 것만이 진정한 만족을 얻게 될 것입니다. 그리고 여러분이 사랑하는 일을 하는 것만이 위대한 일을 성취할 수 있을 것입니다. 그 일을 아직 찾지 못했다면 계속 찾으십시오. 쉽게 안주하지 마십시오. 전심을 다해서 찾아내면 그때는 알게 될 것입니다. 그 모든 위대한 관계들이 그런 것처럼 세월이 지나갈수록 더 좋아질 것입니다. 그러므로 계속 찾으십시오. 안주하지 마십시오."

일은 우리의 삶을 증대시켜주며 일을 통해 앞으로 나아가는 사람은 정신적으로, 육체적으로도 건강을 유지하게 된다. 일을 하는 사람이 일을 안 하는 사람보다 비교적 건강하지만, 일을 하면서도 너무 일 자체에 빠져 과로하지 않도록 주의해야 한다.

마지막으로 되도록 낙천적으로 생각하고 인생을 긍정적으로 바라보며 항상 미래에 대한 희망을 가지고 살라. 소극적인 사고보다는 적극적인 사고를 하는 사람이, 비관적인 인생관을 가진 사람보다 낙관적인 인생관을 가진 사람이 정신적으로 건강하며 그 정신적 건강이 신체적 건강에도 도움을 준다.

정기적으로 건강검진을 받자

건강은 건강할 때 지켜야 한다. 이미 건강을 잃은 후에는 다시 건강한 상태의 몸으로 되돌리기가 어렵다. 그만큼 비용도 많이 든다.

현대 사회는 하루하루 급격히 발전한다. 그리고 그 속도에 따라가기 위해 우리의 걸음걸이는 점점 빨라지고 있다. 조금의 여유도 허락할 시간이 없다. 불규칙한 식사, 스트레스, 과로, 운동부족, 환경오염 등 유해한 여건들로 인해 각종 질병들이 우리 몸을 위협하고 있다. 이럴 때일수록 무심하게 지나쳐 버리기 쉬운 건강의 중요성을 일깨우기 위해 건강검진이 필요한 것이다.

정기적인 종합검진을 통해 질병이 있다면 조기에 발견하고 치료할 수 있으며 건강에 이상이 없더라도 전문적인 조언을 들으며 더 건강하게 스스로를 관리할 수 있다. 종종 검진비용이 아깝다거나 젊으니까 검진이 굳이 필요 없다고 생각하거나 병이 있을까 지레 겁이 나서 종합검진을 피하는 사람들이 있다. 그런 생각으로 검진을 피하다보면 쉽게 치료할 수 있는 질병을 더 이상 손쓸 수 없는 상태로 몰아가거나 치료를 받을 수 없는 상태에서 발견하는 안타까운 상황이 생길 수 있다. 따라서 6개월에 한 번 혹은 1년에 한 번 등 정기적으로 시간을 정해서 건강검진을 받는 것이 좋다. 이것은 본인을 위해서도 필요한 일이지만 나를 둘러싼 가족과 주위 사람들의 행복을 위해서도 아주 중요한 일임을 잊지 말자.

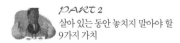

'자신에게 투자하라'는 말이 유행하는 지금, 사람들은 그 말을 단지 자신의 성공을 위해 공부를 하거나 자신을 즐겁게 해주기 위해 무언가를 사는 것 혹은 정신적으로 충만해지라는 말로만 받아들이는 경우가 많다. 하지만 가장 먼저 투자가 필요한 대상은 당신의 몸이다. 건강한 육체에 건전한 정신이 깃든다는 것은 단지 건강만을 위한 표어가 아니다. 바로 우리 생활의 표어가 되어야 한다.

질병 예방을 위한 최선의 방법

앞서 건강검진은 질병의 예방 및 조기 발견 후 신속한 대처를 위해 반드시 필요하다고 했다. 우리 몸에 질병이 생기면 몸에서는 혈액이나 소변 등을 통해 신호를 보내는데, 이런 신호를 빨리 발견하면 병을 조기에 치료할 수 있다. 그리고 검진 결과에서 기준 수치를 조금 벗어난 항목이 있더라도 그것에 너무 집착하거나 예민하게 반응할 필요는 없다. 물론 일상으로 돌아가서도 그런 항목들에 대해 주의를 해서 관리해야 하지만 검사받을 당시의 컨디션이나 일시적인 영양 불균형 등으로 수치에 변화가 생기는 경우도 간혹 있다. 또한 어떤 검사 수치가 기준치에서 벗어났다고 해도 질병 확정을 위한 다른 검사 수치가 기준치 내에 있으면 문제없다고 판단하기도 한다.

건강검진에서 말하는 기준수치란 집단검사 수치에서 상한선과 하한선을 제외한 95%의 수치를 의미한다. '평균치'라고도 생각할 수 있다. 그러나 질병에 따라서는 이상이 있다는 기준을 매우 넓게 잡아 약간이라도 의심스러운 사람까지 함께 걸러내는 검사항목도 있다. 따라서 검진결과가 '재검사 요망'으로 나왔더라도 만일을 위해 다시 한 번 검사해 보라는 뜻일 수도 있으므로 무턱대고 걱정할 필요는 없다. 기준치에서 벗어난 결과가 있다고 해서 반드시 질병이 있는 것은 아니기 때문이다. 반면 모든 검사 수치가 기준치 내에 있다고 해도 안심할 수 없는 경우가 있다. 특히 콜레스테롤 수치나 혈압 등이 해마다 계속 상승하는 추세라면 주의가 필요하다.

이런 것들을 종합적으로 생각해볼 때, 검진은 정기적으로 받아야만 의미가 있는 것이다. 1년에 한 번 정도 검진을 받는 것만으로도 당뇨병이나 고혈압 등 생활습관병과 만성질환을 조기에 알아차릴 수 있다. 또한 검진 결과는 각각의 '점'으로 생각하지 말고 하나의 '선'으로 파악하도록 하자. 즉, 검사 당시의 몸의 상태가 아닌 몸의 변화라는 관점으로 보는 것이다. 매년 수치 변화를 파악해 나가면 건강상태의 변화를 알 수 있다.

건강검진은 평상시 자신의 건강상태가 어떤지 알아보기 위해 받는 것이다. 혹시 이상 수치가 나올까봐 검사받기 전에만 자기 관리에 주력하는 사람이 있는데, 이런 태도는 의미 있는 건강검진에 방해가 될 수 있다. 평상시 생활을 그대로 유지하면서 검진을 받는 것이 무엇보다도 중요하다.

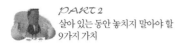

화를
푸는
기술

Bucket List 09

동양의학에서는 본래 인간의 수명이 '120세'라고 본다. 오늘날 현대의학에서도 인간은 120세까지 살 수 있다고 한다. 그러나 고전의학과 현대의학이 모두 인간의 수명이 120세까지 가능하다고 말하지만, 전자는 본래의 인간 수명이 120세이지만 섭생이나 양생을 잘못해서 수명이 짧아졌다고 하는 반면에 현대의학에서는 현대의학의 기술을 바탕으로 적절하게 치료한다면 120세까지 사는 것이 가능하다고 언급한 점에서 차이가 난다.

동양의학에서 본래 인간 수명이 120세라고 했는데, 그렇다면 무엇이 수명을 단축시키는 것일까?

그것은 바로 '노여움' 때문이다. 노여움은 분함에서 오고, 그것이 분노를 낳는다. 노여움은 자신의 명줄을 끊을 무서운 칼이 되고, 분노는 결국 자신에게 돌아오는 부메랑이다. 따라서 마음속에 노여움을 품고 살면 그것이 분노로 표출되고 마침내 생명까지 단축시키는 결과를 가져온다. 노여움은 당신의 마음속에 암의 씨앗을 뿌린다. 따라서 자기 명을 제대로 살기 위해서는 노여움과 분노를 마음속에서 없애야 한다.

주위의 사람들을 살펴보면 이런 일에도 '허허' 저런 일에도 '허허'하며 자신에게 일어나는 안 좋은 일들에도 크게 개의치 않는 사람이 있고 작은 일도 그냥 넘어가는 법이 없는, 요즘 말로 까칠한 사람들이 있다. 자신이 원하는 대로 일이 진행되지 않는 것을 못 보는 성격이거나 다른 사람이 있건 없건 항상 무표정한 얼굴로 일관하는 사람들은 남이 보기에도 다가가기 힘들다고 생각할 뿐만 아니라 자기 자신 또한 사랑하기가 힘들다. 주위 사람은 물론 자기 자신도 피곤하게 만드는 것이다. 사는 데 너무 날을 세워 팩팩거리고 살면, 어느 날엔 진짜 '팩'하고 쓰러진다. 팩팩거리면 사는 사람치고 오래 사는 사람은 본 적이 없는 것 같다. 따라서 되도록 너그러운 마음으로 질 때도 이길 때도, 안 좋을 때도 좋을 때도, 내 마음에 차는 사람이 없을 때도 있을 때도 있다는 생각으로 두루뭉술하게 사는 것이 건강하게 오래 사는 비결이다. 그렇게 산다고 해서 모든 상황이 자신에게 불리하게 돌아가지 않는다. 오히려 내버려두고, 기다려 주고, 때로는 무심한

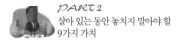

척 참아주면 일이든 사람관계든 더 잘 풀리는 경우도 있다.

자고로 노여움은 불이다. 그래서 '불같은 노여움'이라고 표현하지 않는가.

부처는 "마음에 원한을 품는 것은 다른 사람에게 던지려고 뜨거운 석탄을 손에 쥐고 있는 것과 마찬가지다. 화상을 입는 것은 자기 자신이다."라고 말했다. 이런 노여움의 마음은 당신의 몸을 바싹바싹 태운다. 당신을 항상 초조하게 만들고 바동거리게 만든다.

오래 살고 싶으면 서푼짜리 노여움을 풀어라

옛날이나 오늘날이나 찾아보기 힘든 나이 107세인 장병두 옹은 돈이 없어서 병을 못 고치는 환자를 치료하는 민간의술가다. 현대판 화타(華陀: 중국 한말의 전설적인 명의)로 불리며 많은 이들을 치료한 장병두 옹은 옥고를 치르느라 몸과 마음이 망가진 김지하 시인에게 이렇게 말했다.

"오래 살고 싶거든 서푼짜리 노여움을 버려라."

그렇다! 쓸데없는 노여움을 가슴에 안고 자신의 수명을 줄이는 어리석은 짓을 그만두라. 노여움을 마땅히 버려야 한다. 분토처럼 버려라. 그러면 그 자리에 새로운 마음이 싹틀 것이다.

화를 다스리는 방법

화를 내는 것이 건강에 좋지 않다고 해서 화가 나는 것을 억지로 참으면 더 큰 병이 된다. 따라서 분노의 감정이 생길 때 대처할 수 있는 여러 방법들 중에서 자신에게 효과가 있는 방법으로 화를 다스릴 수 있어야 한다.

'화가 날 때는 그냥 화를 내면 풀리는 것이 아니냐.' 반문할지 모르나 화가 나는 상황에서 그대로 분노를 폭발시키면 그 후에 결과에 대해 책임질 수 없는 상황이 생길지도 모른다. 그래서 일단 화가 생긴 그 상황을 잠시 벗어나는 것도 하나의 방법이 될 수 있다.

고대 그리스의 철학자 아리스토텔레스도 올바르게 화를 내는 것의 어려움에 대해 이렇게 이야기했다.

"누구든지 분노할 수 있다. 그것은 매우 쉬운 일이다. 그러나 올바른 대상에게, 올바른 정도로, 올바른 시간 동안에, 올바른 목적으로, 올바른 방법으로 분노하는 것은 누구나 할 수 있는 일이 아니다. 또한 결코 쉬운 일이 아니다."

우선 분노를 조절하기 위해서는 평소 자신이 느끼는 감정들을 잘 이해하고 있어야 한다. '아, 내가 지금 즐거운 기분을 느끼고 있구나.', '난 지금 이런 일들 때문에 기분이 나빠.', '친구들을 오랜만에 만나니 정말 기뻐.'처

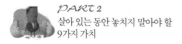

럼 당신이 매순간 느끼는 감정을 알아차리고 충분히 그 감정을 느끼고 있는 자신을 관찰하는 것이다.

감정이라는 것은 그렇게 느껴지고 지나가는 것이므로 너무 심각하게 받아들일 필요는 없다. 그리고 그런 감정들을 나 자신과 동일시할 필요도 없다. 감정은 감정일 뿐 찾아오고 지나가는 것의 반복일 뿐임을 이해하는 것이 중요하다. 베트남 출신 탁닛한 스님도 '마음은 수천 개의 채널이 있는 텔레비전과 같다.'고 했다. 텔레비전을 시청하는 우리를 떠올려보면 이 말의 의미와 더불어 감정을 대하는 법에 대해서 이해하기가 쉽다.

텔레비전 드라마를 보다가 갑자기 재미가 없어서 예능 프로그램을 보기도 하고 딱히 볼만한 프로그램이 없어서 한 시간 동안 여기저기 채널만 돌리면서 보기도 한다. 우리의 감정도 이와 마찬가지다. 채널을 돌리면 그만이다. 내가 더 이상 나쁜 기분을 느끼고 싶지 않다면 좋은 기분을 느끼는 채널로 돌리는 것이다. 그렇게 하기 위한 구체적인 방법들을 알아보자.

화를 푸는 첫 번째 방법은 잠시 시간을 갖는 것이다. 다른 곳을 봐도 좋고 속으로 숫자를 세며 시간을 벌어도 좋고 크게 심호흡을 여러 번 하거나 눈을 감고 명상을 하는 것도 좋다. 그렇게 시간을 가지며 화가 난 문제를 해결할 수 있는 방법이 있을지 그 대안을 생각해보는 것이다. 시간을 좀 가졌으므로 마음이 대부분 차분해지거나 조금은 화가 누그러지는 효과를 볼 수 있을 것이다.

두 번째 방법은 적는 것이다. 화가 나면 종이를 한 장 꺼내서 구체적으로 내가 화난 일들에 대해 적는다. 욕을 써도 좋고 자신의 화가 풀릴 만큼 마음껏 종이에 분노를 표현한다. 그러고는 그 종이를 힘껏 구기거나 찢어서 버리거나 안전한 곳에 가서 불로 태운다.

세 번째 방법은 몸을 움직이는 것이다. 이 방법은 분노를 느낄 때 순간적으로 매우 흥분하여 폭력이나 폭언을 하게 되는 사람들에게 유용할 거라는 생각이 든다. 그러한 분노의 에너지를 몸을 써서 내보내는 방법을 찾는 것이다. 무거운 것을 드는 운동을 하거나 숨이 차오를 때까지 달리는 운동을 한다든지 직업이 몸을 쓰는 일이라면 일에 열심히 몰입하는 것이다.

네 번째 방법은 웃기는 사진이나 영상을 보는 것이다. 요즘에는 스마트폰이 이럴 때 매우 유용하게 쓰일 수 있다. 평소 검색을 하다가 웃기는 사진이나 동영상을 발견하면 휴대폰에 스크랩 혹은 저장해 두었다가 화나거나 짜증나는 상황이 생겼을 때 꺼내 보는 것이다. 만약 당신이 결혼하여 아이가 있다면 아이의 사진을 들여다보는 것도 많은 위안이 될 것이다.

다섯 번째 방법은 전문가를 찾아가 도움을 받는 것이다. 평소 분노조절이 어렵다면 전문가를 찾아가 도움을 요청하는 것이 좋다. 병원에 가는 것이 꺼려진다면 개인 상담가를 찾아가는 방법도 있다. 우리나라 사람들은 유독 정신건강의학과에 가는 것을 수치스럽다거나 창피하다고 생각하는

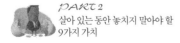

경향이 있는데 결코 그럴 이유가 없다. 감기에 걸리면 내과 혹은 이비인후과에 찾아가듯이 정신적으로 건강하지 못하면 정신건강의학과에 가는 것이 당연하다. 그리고 요즘은 스트레스 관리에 대한 관심이 높아지면서 심리상담센터가 도처에 많이 생겨나고 있다. 비용의 문제가 조금 부담스럽게 다가올 수 있지만 일상생활에서 불편을 느낄 정도로 감정조절이 되지 않는다면 고려해보는 것도 하나의 방법이다.

PART 3

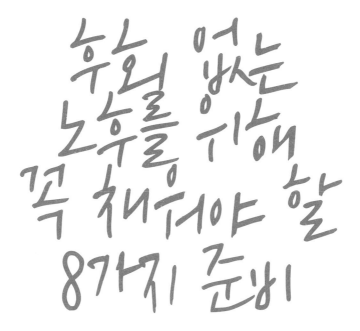

후회 없는
노후를 위해
꼭 채워야 할
8가지 준비

Bucket List No.42

그 누구보다도 더 잘할 수 있는 일
이 일을 하다가 죽어도
여한이 없다고 생각하는
그 일을 지금 찾아라.
더 늦기 전에.

하고 싶은
일이
보람을 준다
ㄱ

죽음을 눈앞에 둔 사람들을 지켜본 호스피스에 의하면 많은 사람들이 일생에 자신이 하고 싶은 일을 하지 못한 것에 대해서 가장 많은 후회를 한다고 한다. 자신이 하고 싶은 일을 했다면 지금보다는 더 성공해 있을 거라는 생각보다는 자신이 하고 싶은 일을 하지 못한 자신의 무능함에 한탄하는 것이다.

흔히 이런 말을 들으면 '하고 싶은 일을 하면서 사는 사람이 몇이나 되겠어?'라고 이야기 할 것이다. 그러나 그런 의문을 갖는 것도 틀린 말은 아니다.

한 통계에 의하면 자신의 직업에 만족하는 사람이 겨우 25%에 불과하다고 한다. 나머지 75%는 자신이 하는 일에 그다지 만족하지 않는다는 뜻이다. 75%에 속하는 이들은 자신이 해야만 하는 일 또는 자신이 할 수 있는 일을 택한 것이 아닐까 싶다. 그러나 자신이 좋아하는 일에 몰입하면 그에 따른 성공은 쉽게 뒤따라오는 경우가 많다.

미국 스롤리 블로트닉 연구소에서는 1,500명을 두 그룹으로 나누어 20년에 걸쳐 '부를 축적하는 법'에 대해 연구했다.

전체 인원 중 83%를 차지하는 A그룹은 자기가 하고 싶은 일보다는 당장 돈을 벌 수 있는 직업을 가진 사람들이었고, 나머지 17%는 돈은 나중 문제고 하고 싶은 일을 최우선으로 선택한 사람들이었다.

드디어 20년 후, 마침내 조사 결과가 발표되었다.

"1,500명 중 101명이 억만장자가 되었습니다. 그리고 그 억만장자들 중 단 1명을 제외하고 100명이 하고 싶은 일을 선택한 그룹에서 나왔습니다."

하고 싶은 일을 찾는 방법

나에게 이렇게 말하고 싶을 것이다. "제가 하고 싶은 일이 무엇인지 잘 모르겠어요."

그렇게만 할 수 있다면 누구나 자신이 좋아하는 일을 직업으로 삼으며 살고 싶을 것이다. 그것은 우리의 로망과도 같다. 그러나 그런 삶을 살지

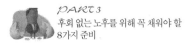

못하는 이유 중 하나가 바로 자신이 무엇을 할 때 즐거움을 느끼는지 알지 못하기 때문이다. 대부분의 사람들은 자기가 하고 싶은 일이 무엇인지 찾지 못해 방황한다. 그런 여러분에게 조금이라도 도움이 될 만한 방법들을 제시하려 한다.

첫째는 경험을 하는 것이다. 당연한 말이지만 경험을 해봐야 좋은 감정을 느끼게 하는 일인지 아닌지를 판단할 수 있다. 직접경험, 간접경험 어느 쪽이든 좋다. 그리고 되도록 이러한 경험은 비교적 젊을 때 많이 해두는 것이 좋다. 30대 이후에는 그동안의 경험을 바탕으로 선택한 자신의 일을 더욱 전문화하는 과정이 필요하기 때문이다.

만일 당신에게 어린 자녀가 있다면 취학과 동시에 다른 아이들보다 뒤처지지 않도록 다양한 분야의 학원에 보낼 것이다. 그러나 실제로 아이가 학원에 다니다보면 자신이 좋아서 다니는 곳이 있을 것이고 부모의 강요에 의해 어쩔 수 없이 다니는 곳이 생기게 될 것이다. 자신이 하고 싶지 않은 활동을 하는 곳은 그만 다니고 싶다고 자녀가 당신에게 고백한다면 당신은 어떤 반응을 보일 것인가?

예부터 어른들은 어느 하나를 진득하게 오랫동안 하는 것을 좋아했다. 이것 조금 하다가 그만두고 저것 조금 하다가 그만두는 것은 두고 보질 못했다. 그러나 성인이 되기 전까지는 자녀가 자신의 적성을 탐색할 수 있는 시간을 충분히 허락해야 한다. 그리고 평소 자녀와 대화하는 시간을 자주 가져서 자녀가 부모에게 자신의 생각을 거리낌 없이 이야기할 수 있는 분위기를 만들어 주어야 한다. 그래서 자신이 하고 싶지 않은 것은 왜 하기 싫어졌는지 서로 이야기하고 이해할 수 있는 기회가 생겨야 한다.

자신이 좋아하는 일을 찾는 두 번째 방법은 자신이 해본 것들 중에서 자신을 기쁘게 했던 것을 찾는 것이다. 노래를 하거나 듣는 것이 즐거웠다면 음악과 관련된 일을 찾을 수 있고, 글을 쓰거나 책을 읽는 것이 좋다면 그것과 관련된 일을 찾는 것이다. 꼭 가수나 작가가 되지 않더라도 가수나 작가에게 도움이 되는 일 혹은 그들의 뒤를 지원해주는 역할의 일을 찾을 수도 있다.

세 번째 방법은 자신의 소리를 듣는 것이다. 자기가 하고 싶은 것, 좋아하는 것을 할 때 내면에서 어떤 일이 벌어지는지 그것에 집중한다. 그러면 이 일을 계속 해도 될지 아닐지를 결정할 수 있다. 내가 가만히 있는데 내 안에서 불현듯 무언가 느끼기는 쉽지 않다. 돌을 던져야 한다. 끊임없이 질문하고 답하는 과정을 여러 번 반복하면서 내면의 나와 대화해 나가는 것이다.

어떤 직업을 갖고 어떤 일을 하든 힘들지 않은 것은 없다. 시골에서 농사지으며 여유롭게 사는 게 꿈이라고 하는 사람들도 막상 농사를 지어보면 그 어려움이 얼마나 큰지 느끼게 된다. 겉으로만 보이는 매력보다 자신의 적성과 잘 맞아서 오랫동안 그 일에 만족하며 살 수 있는 직업 혹은 꿈을 찾는 게 우리의 목표가 되어야 한다. 지금 좋아하는 일을 찾아내고, 숨어 있는 재능을 이끌어내는 것이 후회하지 않는 삶을 사는 방법이다.

"당신이 할 수 있는 것과 할 수 있다고 꿈꾸는 것은 무엇인가? 바로 그것을 시작하라. 용기 속에 천재성과 그리고 마법이 있다."

괴테의 말이다. 하고 싶은 일을 발견하게 되면 기쁨이 큰데다 최선을 다하게 되므로 저절로 좋은 결과가 나온다. 그리고 하고 싶은 일을 할 때 누가 시키거나 가르치지 않아도 새로운 것을 배우게 되고, 깊이 파고들게 되고, 열정을 다해 열심히 일을 하게 된다.

당신이 만약 직장인인데 농사에 관심이 생겼다면 일을 당장 때려 치우고 시골에 내려가 농사를 짓기 시작하는 게 아니라, 현재 다니고 있는 직장에서는 열심히 일을 하고 퇴근 후 남는 시간에 조그마한 텃밭을 가꾸는 것으로 시작하라. 그것이 꿈을 향해 가는 가장 현명한 길이다. 꿈이 생겼다고 해서 무조건 자신이 하고 있던 모든 일들을 그만두고 새로 시작해야 하는 것은 아니다. 점차 자신이 좋아하는 일을 할 수 있는 시간을 늘려가는 것이다. 그러나 어떤 일을 하다가 그게 내가 하고 싶은 일이 아니라고 금방 단념해버리는 것도 좋은 태도는 아니다.

빨리 단념하지 말아야 하는 이유

첫째, 어떤 일을 처음 시작할 때는 실패할 확률이 높다. 하지만 실패를 할 때마다 단념하면 이 세상에 아무 일도 못한다.

둘째, 어떤 일이건 지속적인 집중이 필요하다. 인내심이 보장되지 않는 한 어떤 일에서도 성공은 보장할 수 없다.

마지막으로 어떤 일이라도 금방 그만두게 되면 그 직업을 통해서 얻을 수 있는 지식이나 기술을 충분히 습득할 수 없다.

세계적인 성악가 엔리코 카루소가 교사와 테너 가수 사이에서 어느 길을 택하는 것이 좋을지 고민하다가 그의 아버지께 물었다. 그러자 그의 아버지는 카루소에게 되물었다.

"노래하는 것이 좋으니, 아이들을 가르치는 것이 좋으니?"

"물론 노래하는 것이 좋지요."

"그럼 가수를 택해라."

하고 싶은 일도 아무런 수고 없이 저절로 굴러들어오지 않는다. 인생은 한 번뿐이다. 게다가 하기 싫은 일을 하면서 일생을 보내기에는 그 시간이 너무나 짧다. 하고 싶었던 일을 하면서 산다면 그 삶은 분명 행복한 삶이 될 것이다. 만약 그렇지 않다면 지금 당장 하고 싶은 일을 시작하라. 당신이 그 누구보다도 더 잘할 수 있는 일, 이 일을 하다가 죽어도 여한이 없다고 생각하는 그 일을 지금 찾아라. 더 늦기 전에.

직장은
당신의
인생이다

Bucket List 02

우리나라 직장인들은 하루의 2/3를 직장에서 보내고 있다. 이렇게 따지면 인생의 절반 이상을 직장에서 보내는 셈이다. 그런데 많은 직장인들이 이렇게 많은 시간을 보내는 직장생활을 여유롭게 하지 못하고 있다. 항상 불만에 쌓여 지옥과도 같은 시간을 보내고 있다. 직장에서 일은 하고 있지만 온통 머릿속에는 다른 생각으로 가득 차있다. 과연 행복한 직장생활은 불가능한 것일까? 그렇지 않다. 생각을 조금만 전환하면 힘들게만 느껴지던 직장생활이 조금은 즐겁게 변할 수 있다.

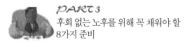
PART 3
후회 없는 노후를 위해 꼭 채워야 할
8가지 준비

첫째, 여유를 두고 출근하라

대부분의 직장인들은 러시아워에 숨도 쉬기 어려운 만원 전철에서 시달리다가 9시가 될까 말까 하는 시간에 사무실에 도착한다. 이미 출근으로 몸은 녹초가 되고 너무 지쳐서 일이 손에 잡히지 않는다. 이 습관을 당장 버려야 한다. 늦어도 30분 전에는 일찍 출근길을 서둘러보자. 그러면 사람들이 덜 붐비는 전철이나 버스를 탈 수 있어서 마음이 여유로워진다. 그 틈에서 독서를 하거나 오늘 하루 일을 구상해 볼 수도 있을 것이다.

사무실에 일찍 도착하면 가볍게 체조를 하거나 향기로운 차를 한 잔 마시며 신문을 훑어보면서 오늘 할 일을 준비한다. 직장생활에서 잠깐의 여유를 가질 수 있는 시간이 바로 이 시간이다. 이것은 당신이 얼마나 부지런을 떠느냐에 따라 얼마든지 가능하다.

좀 더 여유를 가지고 출근하는 것만으로도 숨 돌릴 틈도 없이 곧장 일을 시작하는 사람보다 크게 앞서갈 수 있다.

저녁에 피곤한 몸으로 퇴근하여 잠자리에 들었다가 아침에 일찍 일어나려면 몸이 무거워 5분이라도 더 자고 싶겠지만, 이불을 박차고 기분 좋게 일어나는 습관을 들이자. 또한 성공한 사업가나 직장 내에서 성과가 좋은 사람들은 누구보다도 아침을 일찍 시작한 사람들이었다.

우리가 일하는 이유는 물론 보수를 받기 때문이기도 하지만 일을 통해서 자신의 능력을 최대한 발견하고, 능력을 인정받기 위함이 더 크다. 일을 통해 능력을 발휘하기 위해서는 공부할 때처럼 '예습'이 필요하다.

둘째, 잡무도 신속히 잘 처리하라

일 잘하는 사람은 잡무 처리도 잘한다. 잡무를 신속하고 정확하게 처리하는 것만으로도 자신의 본 업무에 지장을 초래하는 일은 없다. 일 잘하는 사람은 잡무라고 해서 대충대충 넘기지 않는다. 자신의 본 업무를 처리할 때처럼 신속하고 정확하게 한다. 또한 회사 생활에서 스트레스를 받는 일은 거의가 잡무다. 따라서 잡무를 잘 처리함으로써 스트레스를 덜 받게 된다.

셋째, 인생의 2막을 준비하라

직장 초년생이 아니더라도 첫 직장에서는 아무리 열심히 일을 하고 싶어도 할 수 있는 일이 정해져 있는 경우가 많다. 가능성만 있고 능력을 인정받지 못한 사원들은 부가가치가 낮은 일만 하게 된다. 부가가치가 낮은 일은 회사의 매출에 별로 도움이 되지 않는다. 그렇다고 모든 신입사원들에게 일을 대충하라는 뜻은 아니다. 오히려 그 반대다. 주어진 일은 본업, 잡무를 가리지 말고 완벽히 할 수 있도록 익혀라. 비록 그런 일을 할지라도 자신감이 넘치도록 충분히 손에 익혀 두면 정말 하고 싶은 일이 나타났을 때 그 일에 열정적으로 도전할 수 있게 된다. 자신의 일을 빨리 마칠 수 있다면 남은 시간에 하고 싶은 일을 하기 위한 준비나 자기계발에 쏟아라.

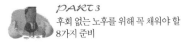

남은 시간을 하고 싶은 일을 하기 위한
준비에 투자하라

이해진 회장은 NHN을 창업하기 전에 대기업에서 직장생활을 하는 평범한 샐러리맨에 불과했다. 대학을 졸업하고 1992년 삼성SDS연구소에 입사한 후 5년 동안 남들처럼 직장을 다녔다. 하지만 이해진 사장은 직장생활을 할 때에도 자신이 마치 이 회사의 CEO인 것처럼 열정과 치열함을 가지고 임했다. 그는 말단 사원이었지만 하루 여덟 시간 넘게 지내는 직장에 있으면서 자기가 맡은 일을 누구보다 신속하고 정확하게 처리했다. 그리고 없는 시간을 쪼개가며 열정적으로 자기계발에 힘썼다. 그는 '직장에서 보내는 시간의 25%는 순수하게 자기계발을 위해 쓰자'는 원칙을 지켰다. 자기계발은 곧 미래를 준비하는 가장 좋은 방법이기 때문이다.

당시 이 원칙에 따라 하루 여덟 시간 중 두 시간을 자기계발에 투자했다. 남들이 여덟 시간 동안 하는 회사 업무를 여섯 시간 만에 끝내려니 다소 무리도 따랐다. 그러나 누구보다도 열정적으로 매달려 일했기 때문에 가능했다. 그리고 마침내 독립하여 오늘의 거대한 기업을 이끄는 회장이 된 것이다.

자기 일을 빨리 마쳤으면, 남은 시간을 이해진 회장처럼 자기계발을 하는 것 외에 자기가 하고 싶은 일을 준비하는 데 사용하라. 단, 준비를 마쳤다고 해서 지금 다니는 직장을 당장 그만두라는 것은 아니다. 1~2년 동안 임시도 좋고 아르바이트도 좋으니 실제로 하고 싶은 일에 도전해보는 것이다. 그러면 그 일이 정말 자신의 적성과 능력에 맞는 일인지 잘 알 수 있게 된다.

성격적인 면과 관련이 있을지 모르나 직장에서 너무 모든 일을 완벽하게 수행하려고 하는 사람일수록 스트레스가 많고 직장생활에 대한 회의감이나 이질감이 커지는 경우가 많다. 일본을 대표하는 자동차 기업 혼다의 창업회장 혼다 소이치로는 많은 직장인들이 가진 일에 대한 결벽증에 이렇게 경고했다.

"많은 이들이 은퇴하면서 자기가 아무런 실수를 하지 않은 채 직장생활을 마감한 것에 대해 자랑스럽게 생각한다. 하지만 나는 은퇴할 때 많은 실수를 저질렀지만 언제나 더 나아지려고 노력했다고 말하고 싶다. 실수를 저지르지 않는 사람은 그저 위에서 시키는 대로 일하는 사람이다. 그런 사람은 혼다에 필요치 않다."

PART 3
후회 없는 노후를 위해 꼭 채워야 할
8가지 준비

직장과
가정의 균형을
유지할 때 행복하다

Bucket List 03

브리검영 대학의 제임스 하퍼 교수는 화목한 가정생활을 하는 사람이 기업의 생산성 향상에도 영향을 준다고 말했다.

"IT분야의 혁명적 발전으로 하루 24시간 주 7일 업무가 가능해지면서 직원들의 스트레스와 스트레스성 질병도 함께 증가하고 있다. 결국 그런 현상이 기업의 생산성 증대를 막는다. 스트레스가 많아지는 환경 속에서 기업이 높은 생산성을 얻기 위해서는 종업원들의 가정생활에 대해 높은 관심을 가져야 한다. 기업의 생산성 증대를 위해서는 일과 가정생활의 조화가 선행되어야 한다. 전 세계 48개국 IBM 지사 생활 보고서에 대한 분석에 의하면, 직장 일에만 매달리는 사람보다 일과 가정에 균형을 잡고 생활한 사람들이 회사에 더 큰 기여를 한다고 한다. 따라서 기업은 '일과 생활의 균형'을 회사 주요 정책에 포함시켜야 한다. 관리자들이, 직원들이 가정에 충실하도록 배려하는 것이 직원과 회사가 다 같이 장수하는 방법이다."

산업화 시대를 겪은 우리 선조들은 가정보다는 직장을 우선시했다. 그리고 그들은 오로지 직장에서 열심히 일하는 것이 가정을 위하는 것인 줄 알고 직장에 몰두했다. 또 직장생활을 잘하여 수입이 계속 늘어 생활에 필요한 것들을 구입하고 생활수준이 향상되므로 가정을 돌보지 않아도 문제가 되지 않았다.

하지만 사회가 민주화되면서 사정이 달라졌다. 무엇보다도 여성들의 권위가 상승했고, 여성들의 사회진출이 활발해지면서 여성들의 의식에 커다란 변화가 일어났다. 이제 가정을 이끌어가는 경제적 책임은 남자에게만 있지 않고 부부가 공동책임이라는 의식과 함께 가사와 자녀 교육이 여자만의 전업이 아니라는 의식이 팽배해졌다. 또한 여성들만이 가정을 위해서 참고 인내하고 희생해야 한다는 의식도 점차 바뀌었다. 그리고 무엇보다 중요한 것은 사회구조의 변화이다. 전반적인 생활수준이 높아지면서 그에 상응하여 살기 위해서 맞벌이 부부가 굉장히 많이 증가했다. 이런 상황이 되면서 남편이 가정을 돌보지 않을 경우 가정에 문제가 생기기 시작한다.

맞벌이 부부가 사회의 일반적인 현상이 되면서 직장과 가정의 양립이 점차 어려워지고 따라서 이혼율도 높아지고 있다. 남자들이 직장에 몰두하고 가정을 돌보지 않아서 생기는 갈등도 이혼율이 높아지는 데 기여했다. 그러나 아직도 많은 남성들이 주말에 사업상 이유로 골프나 휴일출장 등에는 신경을 쓰면서 가사나 육아에는 관심을 갖지 않는 등 가족과의 시간을 경시한다. 또 맞벌이 부부이면서 가사는 오로지 아내의 몫인 가정이 많다. 그리하여 가사로 인해서 부인이 직장을 그만두는 사례가 종종 발생한다.

특히 남자들의 경우 직장에서 지위가 높아질수록 직장과 가정의 균형을 맞출 수 없는 것이 현실이다.

직장과 가정의 균형을 이루는 방법

그렇다면 어떻게 하는 것이 직장과 가정의 균형을 이루는 좋은 방법일까? 각자 처해 있는 환경이 다르기 때문에 일률적으로 정하기에는 무리가 있겠으나 가장 바람직한 방법은 직장과 가정의 비중을 일주일별로 배분하는 것이다.

1년 52주를 항상 같은 비중으로 할당하는 것이 아니라 당시의 상황이나 행사 여부에 따라 비중을 바꾸어 간다. 이때 어떤 경우에도 어느 한 쪽의 비중이 제로(0)가 되지 않도록 하는 것이 중요하다.

예를 들어 당신이 이번 주에 직장과 가정의 비중을 4대 3으로 정했는데, 갑자기 회사의 일이 몰려서 그런 비율을 지키지 못할 상황이 되었다면 퇴근 후 아내와 회사 부근에서 외식을 하거나 아이들과 집 근처를 산책하는 식으로 가정에 대한 비율을 유연하게 적용하는 것이다.

또 당신이 기업의 막중한 책임을 맡고 있는 위치에 있어서 평소에 칼퇴근하여 가정에서 보낼 처지가 아니라면, 주말만은 무조건 가정에서 보내는 대신 평일에는 일만 하도록 가족들과 합의를 하면 된다. 그렇게 되면 비중은 5대 2가 되는 것이다. 즉 평일 5일과 휴일 2일이 '직장'과 '가정'의 비율이 되는 것이다. 이렇게 되면 그야말로 황금 비율이라고 할 수 있다. 문제는 당신이 처음부터 그 비중을 정하지 않고 무작정 일만 하는 것이다. 그리하여 일이 바빠 늦게 퇴근하고, 휴일에는 가정을 도외시하고 잠만 잔다.

이런 경우 가장 큰 문제는 당신이 '일이 중요하다'는 사고방식으로 비중을 무시해버리는 것이다.

일을 하는 것이
가장 좋은
노후대책이다

평균 수명의 연장은 우리 생활에 직접적인 영향을 미치고 있다. 1930년 대까지만 해도 30세까지 직장생활을 하면 은퇴했다. 그러나 지금은 적어도 60세까지는 경제 활동을 해야 한다. 10여 년 전까지만 해도 쉽게 볼 수 있었던 환갑잔치는 슬그머니 자취를 감춰버렸다. 환갑노인은 옛말이 됐고 '인생은 60부터'라는 말이 의미를 갖기 시작한 지 오래되었다. 70세가 훨씬 넘어서까지 직장생활을 하게 되는 날도 머지않았다. 인생을 전반부와 후반부로 나누는 기준도 지금은 40세이지만, 곧 50세로 바뀌게 될 것이다.

100미터 달리기가 아닌 마라톤 직업을 선택하라

그러나 장수하는 것이 무턱대고 축하해야 할 일만은 아니다. 100세 시대가 눈앞에 다가옴에 따라 장수에 대비하지 않으면 오래 사는 것이 행복이 아닌 고통이 될 수도 있다. 장수의 위험을 가장 먼저 거론한 찰스 스왑의 최고경영자 티모시 메카시는 "병들거나 교통사고로 일찍 죽을지도 모르는 위험에 대비하기 위해 생명보험에 드는 것처럼 오래 사는 위험에 대비하기 위해 투자해야 한다."고 역설했다. 즉, 우리가 70세까지 살 것으로 예상하고 자산을 다 소진했는데 100세까지 살게 되면 매우 어려운 상황에 처하기 때문에 '장생(長生)의 리스크'에 대비해야 한다는 것이다.

오래 살 때 발생하는 가장 큰 위험은 생활비가 부족해지는 것이다. 60대가 넘어가면 생활비가 필요하지만 경제 활동이 쉽지 않아 젊어서 만큼의 수입을 기대하기는 어렵다. 따라서 노후생활비를 어떻게 마련할 것인가가 선·후진국을 막론하고 매우 중요한 사회적 관심사가 되고 있다. 우리 사회에서도 노후대비용 금융상품이 큰 인기를 모으고 있고, 일부 20대 젊은 층에서도 노후생활을 대비하려는 움직임이 나타나고 있다.

그렇지만 노후생활 자금을 마련하기 위해 금융 회사의 문을 두드려본 사람들은 어안이 벙벙해지고 만다. 금융 회사의 컨설턴트들이 노후생활비로 최저 5억 원, 대체로 10억 원 정도를 마련해야 노후를 안정적으로 보낼 수 있다고 주장하기 때문이다. 월수입 350만원인 직장인이 생활비와 자녀 교육비 등을 빼고 매달 100만 원씩 저축하더라도 10억 원을 모으려면 77년이 걸린다. 200만 원씩 저축해도 30년 이상 걸려야 필요한 노후자금을 마련할 수 있다. 우리 사회에서 노후를 위해 한 달에 200만 원씩 저축할 수 있는 사람이 과연 몇 명이나 될까를 생각해보면 억대 연봉을 받거나 물려받은 재산이 많은 사람들이 아니면 노후생활비를 저축이나 투자에만 의존하는 것은 애초부터 현실성이 없는 이야기다.

노후생활을 위해 중요한 것은 직업과 직장이다

그러므로 안정된 노후생활을 위해 중요한 것은 저축이 아니라 직업과 직장이다. 금융 컨설턴트들이 추산하고 있는 노후생활비는 이르면 50세부터 늦어도 60세부터는 아무 일도 하지 못하거나 일을 하더라도 수입이 크게 낮아지는 것을 전제로 하고 있다. 그러나 나이가 들어서도 일을 하며 생활비를 벌 수 있다면 필요한 노후자금은 컨설턴트 추산액의 절반, 아니 절반의 절반까지 줄어들게 된다. 결국 노후 대책의 핵심은 '얼마나 오랫동안 일할 수 있느냐'로 귀결된다.

나이가 들어서까지 일할 수 있다면 경제적 안정을 꾀할 수 있을 뿐만 아니라 정신적으로, 육체적으로 그리고 사회적으로 건강하고 보람된 삶을 영위해 나갈 수 있다. 짧은 기간 동안 억대 연봉을 받은 뒤 물러나야 하거나 순식간에 큰 재산을 모을 수 있지만 지속되기 어려운 직업보다는, 경험과 지식이 쌓일수록 빛을 발하는 작업을 선택해야 하는 이유도 여기에 있다.

장거리 경주 육상선수가 100미터 달리기에 출전했다면 그는 절대 우승할 수 없을 거다. 아니 우승은커녕 선두 그룹에 속하기도 어려울 것이다. 마찬가지로 단거리 경기를 뛰는 선수들에게 마라톤과 같은 장거리 경주를 뛰는 것은 엄두도 나지 않을 것이다. 우승은커녕 완주하는 것조차 어려울 수도 있다. 100미터 달리기 선수는 조금 노력하면 1천 미터 달리기에 도전할 수 있을 것이다. 그러나 이 사람이 42.195킬로미터를 뛰는 마라톤에 참여하려면 100미터 달리기와는 전혀 다른 준비를 해야 한다. 둘은 전혀 다른 경기이기 때문이다. 100미터처럼 달려서는 10킬로미터 단축 마라톤도 완주하기 어렵다.

사람의 인생도 마라톤과 비슷해서 단거리 경기에 필요한 직업과 직장을 선택하면 숨이 차고 결국 쓰러지게 된다. 초기에는 단연 앞서 나가 조명을 받을지는 모르지만 결코 오래 지속되기 어렵다. 그러나 마라톤 직업을 택하면 처음에는 뒤지는 것 같고 따가운 눈총의 대상이 될 수도 있지만, 중반 이후부터 앞서 나가기 시작해 후반에는 성공적인 삶을 사는 사람으로

PART 3
후회 없는 노후를 위해 꼭 채워야 할
8가지 준비

평가받게 된다. 그러므로 '계획 인생'에는 단거리 직업이 아닌 마라톤 직업이 필수 조건이다.

적절한 취미활동은
폭넓은 삶의 내용을
창출한다

Bucket List 05

많은 사람들이 생을 마감할 때 인생을 너무나 재미없게 산 것에 대해 후회한다. 그것은 삶을 너무 무의미하게 보냈다는 것을 의미한다. 인생을 즐겁고 재미있게 보내는 방법 중의 하나가 바로 취미생활이다.

건전하고 적절한 취미활동은 더 많은 일과 폭넓은 삶의 내용을 창출해낼 수 있다. 취미활동은 어떤 직업에 종사하든지 필요하지만 특히 정치인이나 아침부터 저녁 늦게까지 회사 일에 몰두하는 경영인 그리고 집에서 하루 종일 무료하게 보내다가 우울증이 걸리는 여성들에게 더욱 필요하다. 그들은 취미활동을 통해서 새로운 삶을 시작할 수 있기 때문이다.

서울 잠실에 사는 박 씨는 사업을 하는 남편과 두 자녀를 둔 주부다. 아들은 대학에 다니고 있고, 딸은 고등학교 2학년이다.

매일 새벽 5시가 되면 박 씨는 잠에서 깬다. 새벽부터 출근하는 남편의 식사부터 대학 다니는 아들, 그리고 딸까지 아침식사를 차려주고 나면 8시가 된다. 그리고 청소와 세탁 등 집안일을 마치고 나면 할 일이 없다. TV를 보고, 책을 읽는 등으로 시간을 보낸다.

몇 년 동안 그런 과정을 겪는 동안에 점차 삶에 대한 의욕을 잃어 갔다. 친구를 만나 수다도 떨어봤지만 그것도 하루 이틀이었다. 삶에 대한 의욕이 떨어지자 이번에는 우울증이 찾아왔다. 그러던 어느 날 친구로부터 취미삼아 꽃을 가꾸어 보라는 권유를 받았다. 그녀는 주위에 있는 화원을 찾아 주인으로부터 꽃을 키우기 위한 간단한 지식을 습득한 다음 꽃을 재배하기 시작했다. 봄마다 아름답게 피어나는 꽃과 그들이 내뿜는 향기를 맡고 가을이 되면 시들었다가 다음 해 봄에 다시 피는 꽃들을 키우면서 우울증도 사라지고, 삶의 보람도 느끼게 되었다.

사람들에게 어떤 취미 활동을 하고 있느냐고 물으면 운동이나 독서 등을 말한다. 그러나 그런 것들은 취미생활이 될 수도 있지만, 그렇지 못한 경우도 많다. 건강을 목적으로 조깅을 하거나 수영을 하는 것은 취미보다는 의무적인 노력이라고 보는 게 맞을 것 같다.

필자가 아는 한 대학교수는 야구광이다. 야구를 즐겨보는 동안 야구 전문가가 되었다. 국내 야구선수들의 동정이나 승부에 관한 연구뿐만 아니라 외국 선수들의 기록까지 메모해둔다. 특히 류현진 선수에 대한 관심은 관심을 넘어서 전문적 연구에 이를 정도다.

독서는 사실 지성인들에게는 취미가 아니라 의무다. 그러나 중세미술에 관한 독서나 어떤 사회의 민속 문화에 대한 독서는 취미라고 할 수 있다. 학자들이나 지도층에 있는 인사들에게는 독서는 본업이기 때문에 취미활동이라고 보기에는 어렵다. 따라서 취미는 정신적 부업이 될 수도 있고, 즐거운 대상이 될 수도 있다.

옛날 우리 선비들은 서예와 그림을 즐겼다. 전문가는 아니지만 그림을 그리고 싶어 남겨 둔 것이 문인화의 전통을 만들게 되었다. 그런 흔적은 민화를 통해서도 발견할 수 있다. 순수한 취미활동으로 여행을 즐기거나 사진을 찍는 일을 들 수 있다. 음악을 감상하거나 미술관을 즐겨 방문하는 것도 좋은 취미의 하나라고 볼 수 있다.

취미활동이 본업을 능가하여 본업으로 바꾼 사람들도 많다. 러시아의 문호 톨스토이는 원래 법학이 전공이었으나 취미활동으로 문학 작품을 쓰기 시작했다가 나중에 본업이 작가로 바뀐 케이스다.

또 세계적인 음악가 차이코프스키는 원래 공학도였다. 음악을 취미삼아 하다가 작곡가가 된 것이다. 취미를 본업으로 바꾼 예는 이외에도 수없이

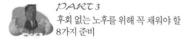

많다.

취미생활로 하다가 본업으로 바꾼 사람들은 거의 그 분야에서 성공했으며 행복한 생활을 했다. 그것은 즐겨서 하는 일이 덜 피곤하고, 반면에 더 풍부하고 정열적인 창의력을 발휘할 수 있었기 때문이다.

인간적인 균형과 조화로운 성장을 위한 취미생활

취미생활은 전문적인 연구나 활동을 말하는 것은 아니다. 주어진 직업이 있으면서도 인간적인 균형과 조화로운 성장을 위해 도움이 되는, 그런 활동을 하라는 것이다.

그런 취미활동으로 크게 성장한 대표적인 인물로 전 영국수상 윈스턴 처칠을 들 수 있다. 그는 수상으로 나라 일을 하는 동안 시간이 나는 대로 글쓰기와 그림 그리기를 취미로 가졌다. 그 결과 조화로운 성장을 할 수 있었고 후일 『제2차세계대전사』로 노벨문학상을 받기도 했다.

취미활동은 게임과 통하는 데가 있다. 오래 계속하다 보면 게임이 취미가 되고, 즐기기 위한 목적으로 그때그때 빠지는 취미활동이 게임이 된다. 게임은 정신적 깊이나 부담이 없고, 짧은 시간 즐기면 된다. 그런 오락은 우리의 정신적인 피곤을 풀어주고 일에서 오는 스트레스를 해소시켜 준다. 그래서 현대인들이 특히 도시생활을 하는 사람들이 게임을 즐긴다. 그리하여 대중성을 띠게 된다. 따라서 게임에 많은 시간을 할애하는 하는 사람은 뜻깊은 취미생활을 하기가 어렵고, 취미생활을 즐기는 사람은 오히려 게임에 젖어 드는 일이 드물다.

같은 일을 하면서도 오락적 성격을 띠는 일도 있고, 취미의 방향으로 나가는 경우도 있다. 당신이 생각 없이 영화를 보고 즐긴 뒤에 잊어버리는 것은 오락이지만, 감상한 영화들의 내면성을 살핀다면 그것은 취미활동이다. 따라서 당신이 정신적 수준이 높다면 자연히 같은 일을 하더라도 취미로 삶을 찾고, 정신적 내용을 갖추지 못했다면 오락에 더 많은 시간을 보내게 될 것이다.

오락이 계속되는 동안에 당신이 어떤 전문적 깊이를 얻게 된다면 취미활동으로 올라가고, 취미가 자주 바뀌면서 짧은 행사로 끝나면 단순한 오락으로 변질되는 것이 보통이다. 가능하다면 오락과 취미는 다양하게 갖는 것이 좋다. 다른 사람의 오락과 취미활동을 가볍게 평가하거나 어떤 고정관념으로 시비를 갖는 것은 바람직하지 못하다. 그리고 도박성 있는 취미활동은 삼가는 것이 좋다. 오늘날 인터넷의 발달로 처음에는 재미삼아 도박을 하다가 나중에는 자신의 운명까지 망친 사례가 매스컴을 통해서 많이 접할 수 있는 뉴스가 되었다.

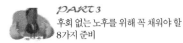

영국의 생물학자 찰스 다윈은 말년에 자신의 친구에게 이런 편지를 남겼다고 한다.

"30살 정도까지는 시가 내게 큰 기쁨을 주었다네. 그런데 지금은 몇 년 동안 시를 단 한 줄도 읽지 못하는 신세가 되었지. 내 머리는 무수하게 모아 놓은 사실에서 일반적인 법칙을 뽑아내기 위한 기계가 되어버린 것 같다네. 내가 삶을 다시 살 수 있다면, 일주일에 몇 번은 시도 좀 읽고 음악도 듣는다는 규칙을 정해 둘 텐데. 이런 취미들을 잃는 것은 행복을 잃은 거나 마찬가지야. 그리고 우리 안의 감정적인 부분이 약해지면서 지성도 해를 입는 것 같아. 도덕성은 더 말할 것도 없다네."

적절한 취미 활동과 오락을 통해서 인생을 더욱 즐겁게, 신나게 보낼 때 자신의 인생이 무의미하거나 너무 건조했다고 후회하는 일은 없을 것이다.

배움의
끈을
놓지 말라

⌐

Bucket List 06

어느 정도의 나이가 지나면 갑자기 늙어 버리는 사람이 있다. 자세도 구부정해지고 행동도 기운이 없어 언뜻 보기에 '노인'이 된 것처럼 변해버린다. 그런가 하면, 나이가 많은데도 실제 나이를 전혀 느낄 수 없을 정도로 건강하고 밝은 사람도 있다.

이런 차이는 어디에서 오는 것인지 생각해보면 '향학열(向學熱)'에 그 이유가 있다는 생각이 든다. 향학열이 있는 사람은 아무리 나이를 먹어도 늙지 않고 건강하게 인생을 보낸다. 한편, 향학열을 버리고 사는 사람은 남은 인생을 '비에 젖은 낙엽'처럼 불쌍하게 보낸다.

향학열이라고 하면 무엇인가 배우는 자세라고 받아들이기 쉬우니까 '호

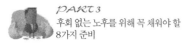

PART 3
후회 없는 노후를 위해 꼭 채워야 할
8가지 준비

기심'으로 바꾸어 보자. 늘 무엇인가에 흥미와 재미를 느끼고 '배워보자!'라는 의욕을 느낀다면, 그것이 젊음을 유지해 주는 비결이다. 그렇다고 해서 무언가 대단한 것을 배워야 한다는 것은 아니다. 쉰이 넘은 나이에 시나 서예를 배우고, 바둑이나 장기 같은 취미에 흥미를 느끼는 것도 향학열이다. 지도를 손에 들고 사이클링을 떠나거나 자택 근처를 걷는 것을 일과로 삼는 것도 좋다. 현역 시절에는 일이 바빠서 읽고 싶은 책을 제대로 읽을 수 없었다면, 마음껏 독서를 즐기는 것도 향학열을 불태울 수 있는 방법이다.

무언가 한 가지라도 호기심을 느낄 수 있는 대상을 찾아 즐거움을 느낀다면, 아무리 나이를 먹어도 향학열은 식지 않는다. 배우는 자세는 평생 유지해야 한다.

인도의 철학자 오쇼 라즈니쉬는 아는 자가 아니라 항상 배우려는 자가 되라고 강조했다.

"삶은 새로운 것을 받아들일 때만 발전한다. 삶은 신선해야 한다. 결코 아는 자가 되지 말고 언제까지나 배우는 자가 되어라. 마음의 문을 닫지 말고 항상 열어두라."

한 일본어 학원에 신학기 등록을 하기 위해 어느 70대 할머니가 찾아왔다. 등록을 접수하는 안내원이 상냥하게 물었다.

"자녀분을 대신해서 등록하러 오셨나 봐요. 자녀분 성함이 어떻게 되세요?"

"아니요. 내가 일본어를 배우려고 하는데요?"

접수 직원이 놀란 표정을 짓자 70대 할머니는 이렇게 말했다.

"글쎄, 우리 아들이 이번에 장가를 갔는데, 일본 여자한테 갔어요. 그래서 며느리하고 말이 통하지 않아 일본어를 좀 배우려고 하는데……."

"실례지만 올해 할머니 연세가 어떻게 되시나요?"

"일흔 일곱이지요."

"할머니께서 며느리하고 말이 통할 정도로 배우려면 일본어를 2년은 배워야 하는데, 때가 되면 할머니 연세가 팔순이 되실 텐데요."

그러자 할머니는 빙그레 웃으면서 말했다.

"만약 그 사이 내가 아무것도 하지 않는다고 해서 내 나이가 계속 일흔 일곱에 머물러 있을까요?"

향학열이 젊음을 유지하게 한다

위의 할머니처럼 나이가 몇 살이건 배우려는 마음을 버리지 않으면 인생을 건강하고 젊게 살 수 있고, 설사 세상을 뜬다고 해도 덕망이 사라지

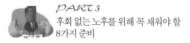

는 일은 없다.

말년까지 향학열을 버리지 않았던 위인 중에 미국의 발명왕 에디슨이 있다. 그가 약 1,300가지의 특허를 따낼 수 있었던 배경에는 아무리 나이를 먹어도 사그라지지 않는 향학열이 있었기 때문이다. 에디슨은 발명을 위한 연구에 밤낮을 가리지 않고 매진했다. 때로는 식사나 수면조차 잊고 몰두했다고 한다. 연구에 대한 그 강렬한 의욕은 늙어서도 전혀 쇠퇴하지 않았다.

그런 불규칙적인 생활을 하면 당연히 건강이 나빠져야 할 테지만 에디슨은 84세의 장수를 누렸다. 그 당시로써는 상당한 장수였다. 더구나 에디슨은 80세가 넘은 이후에도 계속해서 하루에 16시간 동안 연구를 했다고 하니까, 그야말로 향학열이 젊음을 유지해 준 좋은 예다.

미국의 경영학자 피터 드러커는 "평생학습은 당신을 젊게 할 것이다. 평생학습을 하게 되면 뇌세포가 늙지 않는다. 뇌세포가 건강하면 육체적으로도 건강을 유지할 수 있다. 사람은 호기심이 없어지면서부터 늙는다. 배우면 젊어지고 삶을 즐길 수도 있게 된다."고 이야기하며 평생학습이 젊음을 유지하는 데 결정적인 요소임을 강조했다.

오늘날 젊은 세대의 향학열은 '쇠퇴'하고 있다. 출퇴근하는 직장인들, 학교에 등하교하는 대학생들이 지하철이나 버스 안에서 책을 들고 있는 모습이 어느샌가 보기 드물어 졌다. 거의 대부분 스마트 폰으로 실시간 대화나 게임을 하면서 그 귀중한 시간을 보낸다. 대학에 입학하면 그 지겨운 공부와 작별이고, 취업만 하면 더 이상 공부를 하지 않아도 된다는 생각에서 인지 모르겠지만 멀지 않아서 변화하는 세상에 뒤쳐져 낙오자가 될 가능성이 크다. 그러고는 후회를 한다.

최 씨는 얼마 전 서울에 있는 한 대학병원에 입원했다. 그는 이제 70세를 바라보는 나이에 암에 걸렸다. 처음에는 배가 아파서 병원에 들른 것이었고 검사를 받은 결과 뜻밖에 암 4기라는 진단을 받은 것이다. 박 씨는 암 4기라는 사형선고와도 같은 진단을 받고 삶의 희망을 접은 채 병상에 누워서 치료를 받고 있다. 항암 치료의 고통 속에서도 가끔 지난날을 생각했다.

경상도 시골에서 4남매 중에 둘째 아들로 태어난 박 씨는 초등학교 다닐 때는 물론 중고등학교 다닐 때에도 그렇게 공부가 하기 싫었다. 그저 친구와 놀기만 좋아했다. 그리하여 대학진학을 포기하고 놀다가 군대에 갔다 온 후 3급 공무원으로 있는 형의 도움으로 간신히 말단 기술직으로 취직했다. 그리고 아직 한창 일할 나이에 정년퇴직하여 조그마한 아파트 경비로 일하고 있었다. 그와는 반대로 그의 형은 공부를 열심히 하여 서울에 있는 명문대학을 졸업한 후 행정고시에 합격하여 재무부 사무관이 되었다.

그는 병상에 누워 지금까지 살아오며 가장 후회되는 일이 무엇인지에 대해 골똘히 생각에 잠겼다. 무엇보다도 가장 후회되는 것이 공부를 하지 않은 것이었다. 부모님은 물론 형마저도 두 팔 걷고 공부하라 애원했지만 스스로 포기하고 놀기만 하면서 허송세월을 보낸 것이다. 박 씨는 그것이 가장 한탄스러웠다. 그리하여 그는 병문안 오는 30대가 넘은 자녀들에게 지금이라도 늦지 않으니 꼭 공부하라고 권했다 한다. 그의 충고에는 지난날 자신이 하지 못한 것에 대한 후회와 탄식이 묻어 있었다. 그러나 이제 후회한들 무슨 소용이 있겠는가. 이미 늦은 것을.

인생의
길잡이가 되는
스승을 가져라

Bucket List 08

존경하는 사람이란 상대의 인생과 삶이 당신 안에서 승화될 수 있는 존재여야 한다. 인생의 길잡이는 하나의 혼으로 자신을 이끌어주는 인물이며, 그는 조금이라도 가까이 하고 싶은, 충만한 동경심을 갖게 한다. 존경하거나 좋아하는 사람의 실수나 상식을 넘어선 모습 때문에 혼자 상처를 입거나 자괴감을 느낄 필요는 없다. 우리는 모두 인간이니까.

요사이 젊은이들의 의식을 조사한 내용을 보면, 존경하는 인물로 자신의 아버지나 어머니를 꼽는 사람이 많다. 특별히 존경하는 인물이 없다는 것도 서글프지만, 부모를 존경한다는 말에 놀라지 않을 수 없다. 물론 정말 부모를 존경하는 것일 수 있다. 그러나 인생의 길잡이로 부모님을 선택

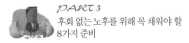

한다는 것은 소극적인 생각이다. 존경하는 사람으로 부모를 꼽는 사람은 세계관이 지나치게 좁거나 또는 아주 공백인 상태의 사람들이다. 부모는 따지고 보면 사회에 나갈 때 우선 극복해야 할 대상이다.

관념과 현실에도 굉장한 차이가 있다. 머리로 아는 것과 몸으로 살아 내는 것은 큰 차이가 있다. 그렇지만 젊은 날의 관념은 우리가 성장하면서 없어지는 것이 아니라 우리의 사고의 기반으로 자리 잡게 된다. 그것은 마치 그림을 그릴 때의 스케치와도 같다. 스케치할 때 우리는 어렴풋이 최종적으로 그릴 그림의 완성품을 상상한다. 그러나 그림을 완성하고 나면 상상과 일치하지 않을 때가 많다. 나는 이런 그림을 구상했는데, 완성된 그림은 구상한 그림과 전혀 일치하지 않는 것이다. 따라서 그림의 밑바탕을 잡는 것은 미지에 대한 즐거움과 우려가 동시에 따른다. 중요한 것은 밑그림이 확실치 않으면 어떤 그림도 성립되지 않는다는 점이다.

인생의 멘토를 갖는 것은 삶의 에너지가 된다

고 노무현 전 대통령은 미국의 에이브러햄 링컨 전 대통령을 존경하는 인물로 여겨 그를 닮기 위해서 링컨의 전기는 물론 그에 대한 많은 서적을 탐독했다고 한다. 또한 그런 인물이 되려고 노력했다고 한다.

어떤 이는 어차피 인간은 겉으로 드러난 모습만으로는 알 수가 없고 누구나 실망스러운 구석이 있기 때문에 존경할만한 인물이 없다고 생각하는 경우도 있다. 말하자면 인생의 길잡이란 목표로 하는 인물 자체를 뜻하는 것은 아니다. 아무리 노력해도 링컨 같은 인물이 될 수 없다. 그러나 그가 가진 의지나 포용력, 리더십 그리고 강인하고 훌륭한 에너지는 충분히 받아들일 수 있다.

40대로 보이는 한 프랑스 남자가 자신은 아무것도 이룬 것이 없다는 생각으로 실의에 빠졌다. 부인과도 이혼하여 가정은 풍비박산이 된 지 오래고, 모아 둔 재산도 직업도 없었다. 사는 게 너무나 힘들고 지겨웠다. 그는 걸핏하면 주위 사람들에게 짜증을 내고, 아무것도 아닌 일에 눈물을 흘리곤 했다. 그러자 친구들도 모두 그의 곁을 떠났다.

그렇게 실의에 빠져 허무한 나날을 보내던 어느 날, 파리 거리를 걷다가 문득 점치는 사람을 만나게 되었다. 점쟁이는 그를 보자마자 눈이 휘둥그레졌다.

"당신은 아주 위대한 인물이 될 겁니다."

빈털터리로 집도 없이 거리를 헤매는 자신을 보고 위대한 사람이 될 거라니 그는 화가 났다. 자신을 조롱하는 것처럼 들렸기 때문이다.

"뭐라고요? 내가 위대한 사람이 될 거라고요?"

PART 3
후회 없는 노후를 위해 꼭 채워야 할
8가지 준비

그러자 점쟁이가 말했다.

"당신은 자신이 누구인줄 아세요?"

"내가 누구냐고?"

차마 대답을 할 수 없어 속으로 생각했다.

'나는 너무도 운이 없는 놈이고, 가난뱅이요, 버림받은 놈이지 뭐야.'

그러자 그를 가만히 바라보고 있던 점쟁이는 다시 말했다.

"당신은 나폴레옹의 화신입니다. 당신의 몸에 흐르고 있는 피와 용기와 지혜는 나폴레옹에게서 물려받은 것입니다. 선생, 당신은 정말 나폴레옹을 꼭 닮았습니다."

그는 점쟁이의 진지한 태도와 열성적인 말에 한참 머뭇거리다가 입을 열었다.

"나는 집도 재산도 없고, 갈 곳마저 마땅치 않은 사람입니다."

그러자 점쟁이가 단호한 목소리로 말했다.

"아, 그것은 지난날의 일입니다. 이제 당신의 앞날은 확 달라질 것입니다. 믿지 못하면 비용을 내지 않아도 좋습니다. 그러나 당신은 몇 년 후에 이 프랑스 거리에서 가장 성공한 사람이 되어 있을 것입니다. 당신은 나폴레옹의 화신이라는 사실을 잊지 마십시오."

점쟁이의 말을 반신반의한 그의 마음속에서 전에는 느끼지 못했던 이상한 감정이 생겼다. 그때부터 그는 정말 나폴레옹에 대해서 관심을 갖기 시작했다. 그리고 나폴레옹을 자신의 인생의 롤 모델이자 선생으로 생각하고 그의 전기를 찾아 읽기 시작했다. 그러자 시간이 지나면서 자신감이 생겨나고 불가능하다고 생각했던 것들이 충분히 가능하게 느껴졌다. 그러자 등을 돌렸던 친구들이 하나둘씩 모여들기 시작했다.

그는 의식적으로 생각과 행동을 모두 나폴레옹을 흉내 내며, 나폴레옹의 담력과 패기를 닮으려고 노력했다. 그로부터 13년이 지난 후 그가 55세가 되는 해에 그는 프랑스에서 가장 성공한 사람이 되었다.

이러한 인물은 언제든지 찾을 수 있는 인물이 아니다. 앞에서 예로 든 프랑스 사람과 달리 세월이 지나면 이미 구현할 수 없다고 생각하는 편이 좋다. 30대가 접어들면 이상은 뒤편으로 밀려나고 생활범위는 마냥 좁아진다. 특히 존경하는 인물같이 추상화된 인간은 마음으로 들어올 틈새가 없어져 버린다.

여자는 생리적으로 남자보다 존경하는 인물을 갖기가 어렵다고 한다. 여기에는 여자가 갖는 특성과 함께 사회의 표면에서 그동안 매몰되었던 그동안의 역사적 이유가 크게 작용했기 때문이다. 여자는 아이를 탄생시키는 존재다. 그 과정은 낭만으로 충만해 보이지만, 자칫하면 한 생명이 오고가는 문제이기 때문에 현실적인 판단에 따른 생리작용이라고 할 수 있다.

더 늦기 전에 당신이 존경하고 본받을 만한 인물을 찾아 인생의 스승으로 삼아라.

인생을 함께할
친구를
만들어라

Bucket List 08

중국 은나라의 마지막 왕인 주왕은 폭정을 일삼았고, 여색을 밝혔다. 그리하여 전국에서 예쁜 여자는 모두 궁궐로 끌려왔고, 그의 폭행을 보고 참다못한 그의 숙부가 충고를 하자 숙부마저 죽이는 패륜을 저질렀다. 게다가 이를 보고 말리던 신하에게는 사형을 내리기 일쑤였다. 한 신하는 죽기 전에 노모의 생계를 해결할 수 있도록 자신을 잠깐 동안 풀어달라고 했다. 도망칠까봐 허락을 하지 않자 옆에 있던 한 신하가 자기를 불모로 잡아놓고 그를 보내달라고 간청했다. 이 두 사람은 오랫동안 사귀어온 친구 간이었다.

그리하여 친구를 대신 감옥에 남겨 두고 노모를 보러 떠난 친구는 사형 집행일이 다가올 때까지도 소식이 없었다. 주왕은 어설픈 우정으로 자신의 목숨을 잃게 된 친구를 바라보고 비웃었다. 그러나 친구는 주왕에게 말했다.

"친구가 필시 무슨 사정이 있어서 늦는 것이지 분명히 옵니다."

친구에 대한 믿음을 버리지 않은 것이다. 그러면서 자기는 노모가 없기 때문에 자신은 죽어도 상관없다고 했다. 예정대로 사형을 집행하려는 순간, 친구가 멀리서 소리를 지르며 뛰어오고 있었다. 친구는 약속대로 사형 집행 전에 도착한 것이다. 두 친구의 우정에 감탄한 주왕은 사형을 집행하지 않고 두 사람 모두 멀리 쫓아냈다고 한다.

한 인간이 죽은 후 장사를 지낼 때 그 사람의 인간관계가 어떠했는지 짐작할 수 있다고 한다. 그 사람의 죽음을 슬퍼하는 사람들의 숫자가 그 사람의 삶을 말해준다. 원만한 인간관계를 가졌다면 많은 사람들이 와서 그의 죽음을 애도할 것이다. 특히 고인에게 친구가 얼마나 많은가를 알 수 있는 것도 바로 그때다.

진정한 친구는 어떤 친구일까? 사례로 든, 친구를 위해서 목숨도 내놓을 수 있는 친구가 진정한 친구일까? 사실 오늘과 같은 세상에 그런 친구가 있을까도 의문이다. 그러나 친구를 위해서 목숨을 내놓을 만한 친구는 없어도 죽을 때까지 고락을 함께 할 친구, 인생을 함께 걸어갈 친구는 반드시 필요하다.

'진정한 우정'이라는 것은 무조건적이야 한다. 인생을 함께할 친구라면 당신이 무엇을 싫어하고 좋아하는지 잘 안다. 진짜 친구라면 당신이 무일푼이 되거나 추해져도 멀리하지 않는다. 더 나아가서 당신의 부족한 점을 매워줄 것이다.

좋은 사람은 자신의 친구를 자랑스러워한다. 서로가 서로를 친구로 선택한 것에 대해서 기뻐한다. 친구는 우리가 어떤 사람인가에 대해서 진면목을 보여준다. 오랜 친구는 우리 삶의 증인이다.

그렇다면 인생을 함께할 진정한 친구를 사귀기 위해서는 어떻게 해야 할까?

친구를 만들기 위해서는 상대에게 적극적으로 마음의 문을 열어야 한다. 당신이 아무리 매력이 넘치는 사람일지라도 마음의 문을 닫고 상대가 당신에게 다가오기만을 기다려서는 진실한 친구를 사귈 수 없다. 또한 친구를 원한다면 상대방을 위해 수고를 아끼지 말아야 한다. 일방적으로 희생을 요구하고, 그것을 당연시하는 사람은 친구가 아니다.

『부자 아빠 가난한 아빠』라는 책으로 국내에서 선풍적인 인기를 끌었던 베스트셀러 작가 로버트 기요사키는 자신의 책에서 이렇게 서술했다.

"내가 여러분에게 줄 수 있는 교훈이 하나 있다면 바로 '무언가가 부족하거나 필요하다고 느낄 때마다 먼저 원하는 것을 상대에게 주라는 것'이다. 그러면 그것이 나에게 더 푸짐하게 돌아올 것이다. 이것은 돈과 미소, 사랑 그리고 우정에 대해서도 같다."

또 우정만 있으면 친구가 될 수 있다는 것도 어느 정도는 잘못된 생각이다. 인생을 함께 할 친구라면 그 우정을 구체적인 말과 행동으로 표시해야 한다. 친구를 위해서 뭔가 할 수 있고, 그것이 기쁨이 되어야 한다. 더 늦기 전에 친구를 위해서 무엇을 해왔는지, 무엇을 할 수 있는지를 다시 한 번 생각해보는 시간을 갖길 바란다.

우정을 오랫동안 지속하려면

친구들 모임에서 한 친구가 자리를 뜨면 그 친구에 대한 악의 없는 험담이 시작된다. 악의 없는 험담처럼 재미있는 것도 없다. 따라서 화젯거리가 마땅치 않을 때는 가장 좋은 화두가 된다.

험담과 비평은 다르다. 아무리 바른 말이라도 신랄한 비평을 들으면 화가 나고, 용서가 되지 않는다. 하지만 건설적인 비평은 험담으로 받아들여서는 안 된다.

남의 험담은 재미있어도 자신에 대한 험담은 들으면 당연히 기분이 나쁘다. 그렇게 역지사지(易地思之)의 마음으로 남의 험담을 하는 것을 삼가

야 한다. 험담은 언젠가 당사자의 귀에 들어간다. 그러면 좋았던 관계도 원수가 된다.

악의를 가지고 험담을 퍼뜨리는 자는 언젠가 반드시 그에 따른 곤란을 겪게 된다. 누구에게도 신뢰를 얻지 못하고 마침내 그 사람 주위에는 악의로 가득 찬 사람만이 남는다. 악의가 있는 험담은 그냥 질투인 것이다. 따라서 험담이 심해지면 이 사람도 안 되고, 저 사람도 안 되고 자신을 인정해주지 않는 사람은 모두 안 된다는 식으로 불만으로 가득 차게 된다. 따라서 애초에 악의가 있든 없든 친구를 험담하지 말라. 남을 험담하는 말을 하는 자신도 누군가의 입에서 험담의 소재로 등장할 수 있다는 것을 기억해야 한다.

친구니까 무슨 말이든지 할 수 있고, 웬만한 일은 용서해야 한다는 말이 있으나 실제는 그렇지 않다. 가까운 친구일수록 예의를 지켜야 한다. 친구를 사귈 때는 신중하고 예의바른 태도로 그리고 상대방에게 불리한 언동은 삼가야 한다는 굳은 결심 또한 필요하다. 인생을 함께할 친구라고 생각될수록 예의를 갖춰야 한다.

PART 4

화목한
가정을 위해
잊지 말아야 할
5가지 비결

Bucket List No.42

제대로 산다는 것은
오늘의 내가 어제의 나보다
조금 더 발전되어 있는 것이다.
그렇게 만들어가겠다는 각오로
한 걸음 한 걸음 나아가는 것이다.

가족들에게 어떤 사람으로
기억되기를
바라는가?

Bucket List 01

초등학교에 다닐 때의 일이다. 졸업 하루 직전 담임선생님께서 교실에 들어오셔서 인사를 하시면서 "이제 너희들을 보는 날도 오늘이 마지막이구나. 이제 너희들에게 마지막으로 부탁의 말을 하겠다." 그러면서 선생님은 칠판에 이렇게 적었다.

"나는 어떤 사람으로 기억되기를 바라는가?"

그러고는 말을 이어갔다.

"이 말을 평생 가슴 속에 간직하고 살면 후회하지 않는 삶을 살게 될 것이다. 그러나 이 말의 뜻을 지금은 알지 못하지만 나이가 30, 40이 되어도 이 말이 던지는 의미가 다가오지 않는다면 그 인생은 헛산 줄 알아라."

그로부터 30년이 지난 어느 날 우연히 초등학교 동창 한 사람을 만났다. 그는 나에게 그때 선생님이 하신 말을 기억하고 있느냐고 물었다. 나는 까맣게 잊고 있었던 말이다. 친구는 그때 선생님께서 칠판에 적어주신 말을 기억할 때마다 인생이 엄숙하게 느껴지고 심지어 전율까지 느껴진다고 했다. 지금 그는 신부가 되어 있다.

그렇다! '나는 어떤 사람으로 기억될 것인가?' 이 물음에 대답해야 한다. 누구도 이 물음을 피해갈 수 없다. 물론 많은 사람들이 이 물음 앞에 정면으로 서지 못하고 비켜서려고 한다. 애써 외면할 수도 있다. 그러나 제대로 인생을 살고자 한다면 아니 그렇게 살려고 노력하고 있다면 '나는 어떤 사람으로 기억될 것인가?'라는 이 물음 앞에 당당하게 맞서서 그 대답을 찾아야 한다. 그게 삶을 진지하게 사는 자세다.

이 물음에 대한 답이 꼭 위대한 사람이 되어 많은 사람에게 유명인으로 기억되기를 고민하라는 얘기가 결코 아니다. 가장 가까이에 있는 사람 특히 당신의 배우자, 자녀에게 어떤 사람으로 기억될 것인가를 생각해보라는 것이다.

당신이 자신의 아버지를 기억하듯, 어머니를 기억하듯, 그들도 당신을 기억할 때 어떤 모습이었으면 하는지 물론 지금의 당신으로서는 알 수 없다. 당신이 이렇게 기억해달라고 해서 그렇게 기억되어지지도 않을 것이다.

허우천 사장은 50세가 가까운 나이에 옥중에서 1년 6개월 만에 자유의 몸이 되어 사회에 나왔으나 교도소 문 앞에서 그를 맞이하는 사람이 단 한 사람도 없었다.

허 사장은 건축분야에서 일을 하면 돈을 잘 벌 수 있겠다는 생각에 건축학과를 졸업한 후 우리나라 굴지의 모건설사에 입사했다. 회사에 다니면서 언젠가 자신도 건설 회사를 설립하여 CEO가 될 것이라고 늘 생각하고 있었다. 그리고 건설사에 다니면서 자신의 건설 회사를 차리면 쉽게 돈을 벌 수 있을 것 같다는 생각이 들었다. 그리하여 입사한 지 5년 만에 동료들과 선배들의 만류에도 불구하고 사표를 냈다. 그러고는 부모님으로부터 도움을 받고 부족한 자금은 은행으로부터 대출을 받아 자신의 건설 회사를 차렸다.

그때부터 그의 인생에는 오로지 사업의 성공과 돈 밖에 없었다. 낮에는 건설 수주를 따기 위해 동분서주했다. 그에게는 그때부터 가정도 보이지 않았다. 더 큰 회사로부터 하청이라도 맡기 위해 대기업의 담당자들을 대접하느라 밤늦게 귀가하는 것이 보통이었다. 그렇게 노력한 결과 한동안은 사업이 잘 풀려갔다.

사업을 시작한 이후부터 귀가하는 일은 7일 중 며칠에 불과했다. 그는 매달 집에 생활비만 대주면 가장으로서 책임을 다하는 것이라고 생각했다. 자녀들의 교육은 아내가 알아서 잘하고 있고, 아이들도 제대로 잘 성장하고 있다고 믿었다. 그러나 이 모든 것이 그의 착각이었다.

며칠에 한 번씩 그것도 술에 만취해서 밤늦게 들어오는 그를 아내는 더이상 남편으로 대접하지 않았고, 그런 모습에서 자식들은 존경할 만한 아버지 모습을 찾지 않았다.

그렇게 또 다시 몇 년이 흘렀다. 전국적으로 건설경기가 하향하기 시작하면서 그에게 커다란 파도가 밀려왔다. 그의 회사가 지은 아파트가 분양되지 않고 은행으로부터 대출받은 이자는 눈덩이처럼 불어갔으며, 결국그는 부도를 내고 말았다. 그나마 사업이 잘 되어 생활비를 넉넉히 줄 때는 참고 살던 아내도 사업이 기울자 이혼을 요구해왔다. 그리하여 보금자리였던 그의 가정은 산산이 깨지고 말았다. 그리고 부도수표로 옥중에 갇히는 최악의 상황까지 벌어지게 된 것이다.

그는 아내에게는 일생을 함께할 든든한 동반자도, 자식들에게는 믿고의지할 수 있는 아버지도 되어줄 수 없었다.

사는 대로 기억된다

미국의 심리학자 윌리엄 마스틴은 3,000명을 대상으로 이런 질문을 했다고 한다.

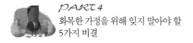

"당신은 무엇을 위해 살고 있습니까?"

그런데 이 물음에 94%나 되는 사람들이 이렇게 대답했다고 한다.

"특별한 삶의 목적이 없다."

아마 당신에게도 똑같은 질문을 한다면 당신도 이렇게 대답할 것인가?

하루하루 버티듯이 지나치는 삶을 그저 바라보다가 어떤 영감을 얻는 순간이 오기를 넋 놓고 기다리는 것은 아닌가? 누구나 자기 자신에게 혹은 지인들에게 당신이 그렇게 살다간 그저 그런 사람으로 기억되기를 바라지는 않을 것이다.

우리가 사는 만큼 그들은 기억할 것이다. 아니 그렇게 기억되는 것이다. 그래서 기억한다는 것은 무서운 것이다. 제아무리 온갖 수단을 동원해서 가려봐도 진실은 반드시 드러나듯이, 아무리 지우려 해도 기억은 사라지지 않는다. 그러니 제대로 살아야 한다. 이제까지는 잘못 살았더라도 이 글을 읽은 순간부터는 제대로 살아야 한다. 그러면 내일은 달라질 수 있다.

20대에는 회사에 취직할 때 스스로 이력서를 작성한다. 그러나 나이가 어느 정도 들면 자신의 경력을 남이 써준다. 아니 세상이 대신 써준다. 봐주지도 않고 곧이곧대로 써준다. 그것이 무서운 것이다. 이것은 평판이나 평가 이상이다.

마찬가지로 당신이 어떻게 기억될지는 당신이 기억하는 대로, 말하는 대로 되는 게 아니다. 당신이 인생을 살아낸 만큼 아주 냉정하게 기억되는 것이다. 그러므로 혼자 잘났다고 스스로 도취되어서 안하무인격으로 사는 게 아니라 진정으로 제대로 살아야 하는 것이다. 제대로 산다는 것은 오늘의 내가 어제의 나보다는 조금 더 발전되어 있는 것이다. 그렇게 만들어 가겠다는 각오로 한 걸음 한 걸음 나아가는 것이다.

더 늦기 전에
부모님께
효도하라

Bucket List 02

부모님께 효도하는 것은 자식의 도리이자 의무이다. 또한 부모님의 은혜에 조금이라도 보답하는 것이다. 불효만큼 나중에 크게 후회하는 일도 드물다. 효도는 할 수 있는 시기가 정해져 있다는 점이 우리를 더욱 후회스럽게 만든다. 부모님이 돌아가신 다음에는 아무리 효도하고 싶어도 할 수가 없기 때문이다.

한 20대 청년이 아버지를 일찍 여의고 홀어머니와 함께 살았다. 그런데 어느 날 이 청년은 자동차 사고로 두 눈을 잃고 말았다. 절망에 빠진 이 청년은 두 눈이 없이 어떻게 세상을 살아가느냐고 한탄하며 비관과 절망 속에서 하루하루 생활했다. 그런데 그렇게 비통한 생활을 하던 어느 날, 어머니가 그 청년에게 기쁜 소식을 전했다. 이름을 밝히지 않은 어떤 사람이 그에게 한쪽 눈을 기증하겠다는 것이었다. 청년은 이 기쁜 소식을 접하고도 반가워하지 않았다. 오히려 한쪽 눈만 있으면 무슨 소용이 있느냐며 이식 수술을 거부했다. 두 눈이 없는 것보다 한 쪽 눈만이라도 있으면 세상을 살아가는 데 조금이라도 불편을 덜 수 있다면서 간곡하게 부탁하는 어머니의 말에 그 청년은 결국 이식 수술을 받게 되었다. 이식 수술이 성공적으로 끝나 한쪽 눈의 붕대를 펴는 순간 그 청년은 자기 앞에서 희미하게 보이는 어머니의 모습을 보고 그만 대성통곡하고 말았다. 어머니의 한쪽 눈이 없었던 것이다. 슬프게 우는 그 청년에게 어머니는 이렇게 말했다.

"너에게 두 눈을 다 주고 싶었으나 네게 짐이 될 것 같아서……."

예나 지금이나 자식에 대한 어머니의 사랑은 끝이 없다. 어느 누구도 흉내 낼 수 없을 정도로 고귀하며 위대하다.

효도하는 여섯 가지 방법

우선 '효도'라는 것에 대해 너무 부담감을 가지지 않았으면 한다. 너무 거창하게 생각하면 오히려 더 나서기 힘들어진다. 부모님과 나누는 잠깐

의 대화, 한 자리에 앉아 맛있는 식사를 하는 것, 좋은 풍경을 함께 보는 것만으로도 부모님은 많이 즐거워하신다.

부모님께 효도할 수 있는 첫 번째 방법은 내 삶에서 어려움이나 고민 어떤 문제가 생겼을 때 부모님과 상의하고 조언을 구하는 것이다. 자신의 힘으로 해결하는 것도 좋으나 부모님께 그러한 문제를 털어 놓음으로써 아직 부모님의 지혜가 필요한 자식임을 상기시켜드리는 것이다. 그리고 대화를 하다보면 당신이 생각하는 것 이상의 해결책을 발견할 수도 있다. 성인이라고 해서 자신의 능력으로 모든 문제를 해결할 수 있다고 자만하지말자.

부모님은 항상 우리를 기다리고 있다. 그리고 우리를 훌륭히 키워낸 만큼의 지혜를 가지고 계신다. 너무 자신만을 과신하지 말고 때로는 부모님과 상의를 해보라. 어쩌면 현명한 해답이 거기에 있을지도 모른다. 부모님은 항상 우리가 잘되기를 바라고 계신다. 부모님과 상의하고 조언을 구하면 부모님은 기뻐하실 것이다. 부모님을 기쁘게 하는 것, 이것이 부모에 대한 효도의 한 방법이기도 하다.

둘째로 부모님과 함께 여행을 하는 것이다. 대부분은 자녀를 낳아 키우는 동안 제대로 된 여행 한번 가보지 못하셨을 것이다. 가볍게 다녀오실 수 있는 가까운 곳부터 시작해서 다양한 여행지를 소개해 드리는 것이다. 부모님을 모시고 함께 가도 좋고 그것이 익숙해지면 두 분이서 오붓하게 여행을 즐기실 수 있도록 오붓한 시간을 마련해 드려도 좋아하실 것이다. 여행을 하며 집에서는 나누지 못했던 이야기들도 자연스럽게 꺼낼 수 있고 집에서 봐왔던 모습과는 또 다른 가족들의 모습을 발견하는 기회가 되기도 할 것이다.

셋째는 부모님이 아끼던 물건을 소중히 간직하는 것이다. 특히 어머니에게는 분신 같은 물건이 한두 개 정도 있게 마련이다. 할머니로부터 물려받은 반지일 수도 있고, 병풍이나 액자일 수도 있다. 소중히 간직한 어머니에 대한 추억은 당신이 지치고 힘들 때 이겨나갈 수 있는 용기를 준다.

넷째는 부모님의 건강을 자주 체크해두라는 것이다. 요즘 시대가 제아무리 장수시대라고 하지만 어느 때에 어떻게 되실 지는 누구도 장담할 수 없다.

어느 일간지에서 조사한 바에 의하면 사람이 나이 들어서 적어도 5년은 병을 앓다가 죽음을 맞는다고 한다. 따라서 부모님이 항상 건강하게 보일지라도 정기적인 검진을 통해서 자주 건강을 체크해야 한다.

부모님은 자식에게 조금이라도 짐이 되는 일을 하기 싫어서 몸이 아프면서도 내색을 하지 않고 사신다. 우리가 자랄 때 조금만 몸이 이상해도 걱

정하시던 부모님이시다. 그러므로 부모님이 우리를 그렇게 키우신 것처럼 어디 불편하거나 아프신 곳이 없는지 잘 챙겨보라. 손잡고 병원에도 모시고 가 진찰을 받게 하고 자주 몸도 만져 드리면서 건강에 이상이 없는지 관찰하라.

다섯째는 한번쯤 부모님의 발을 씻겨 드리는 것이다. 항상 당신에게 좋은 것만 먹이고 싶고 좋은 옷만 입히고 싶고 당신이 잘되고 건강하기를 바라며 쉴 새 없이 일하고 돌아다니시며 상처를 입고 흉터가 생긴 발이다. 부모님의 발을 볼 때 자식을 위해서 얼마나 고생하시고 애를 쓰시는지를 알게 될 것이다.

얼마 전 한 예능 프로그램에서 한 축구선수가 모 연예인에게 프러포즈 하면서 발을 씻겨주는 모습이 방영되었다. 그 축구선수는 앞으로 잘 섬기고 받들겠다는 표시로 발을 씻겨주는 것이라고 말했다. 앞으로 평생을 함께할 동반자의 발을 씻겨 주는 것은 참 의미 있는 일이라고 생각한다. 그리고 자기를 낳아주고 오로지 자식이 잘 되기만을 바라면서 평생을 사신 부모님의 발을 씻겨주는 것은 이보다 더 큰 의미가 있다고 생각한다. 약간 낯간지러운 행동일 수도 있지만 꼭 해보라고 말하고 싶다. 무언가 가슴에서 울컥하고 솟아오르는 감정을 느끼게 될 것이다.

마지막 방법은 지금 당장 할 수 있는 방법이다. 지금 바로 부모님께 전화를 하거나 문자를 보내라. 유독 우리나라 사람들은 "감사하다", "죄송하다", "사랑한다"는 말에 인색하다. 또 마음에는 있으면서도 쑥스러워서 말을 하지 못하는 경우도 많다. 부모님으로부터 한없이 받은 사랑에 가슴이 벅찰 정도로 감사함을 느끼고 있으면 그 마음을 담아 지금 바로 "감사하다"는 말을 전하라. 잘못한 것이 생각났으면 지금 바로 "죄송하다"고 문자 메시지를 보내라. 그러면 부모님은 흐뭇해하실 것이다.

용돈이 들어 있는 두툼한 봉투, 바쁘다는 핑계로 어쩌다 가끔 드리는 전화, 명절 때 보내드리는 선물 보따리 그것이 부모에 대한 효도의 전부가 아니다. 지금이라도 '부모'라는 이유로 평생 고생만 하셨던 부모님께 사랑한다는 말을 전하라. 더 늦기 전에.

우리 격언에 "효도하면 부모가 즐거워하고, 집안이 화평하면 만사가 잘된다."는 말이 있다. 부모님이 우리를 양육하고 즐겁게 해주셨으니 이제 우리가 부모님을 기쁘게 해드리고 제대로 모시는 것이 마땅하다. 성경에 "부모에게 효도하는 자는 땅을 기업으로 받는다."고 했다. 부모님께 효도하는 것이 곧 우리가 잘 되는 첩경이라는 뜻이다. 그렇다고 우리가 잘되기 위해서만 부모에게 효도하는 것이 아니라 자식으로서 도리이기에 마땅히 효도해야 한다. 그러면 만사가 잘 되는 플러스 효과도 따르는 것이다.

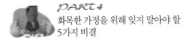

아름다운
결혼생활을 위한
마음가짐

⌐

Bucket List 03

요즘 사람들은 '군이 결혼하지 않아도 된다, 인생을 즐기려면 결혼하지 않는 편이 낫다.'는 인식이 강한 듯하다. 게다가 '결혼을 결심할 만큼 좋은 배우자가 없다, 타인과 맞춰 사느라 고생하느니 혼자 사는 편이 낫다.'는 목소리도 자주 들려온다. 그러나 결혼을 해도 후회하고, 결혼을 하지 않아도 후회할 바에야 해보고 후회하는 편이 더 낫지 않을까?

결혼을 통해 남자든 여자든 인생이 변한다. 그렇기 때문에 좋은 배우자를 만나는 것은 매우 중요한 일이다. 물론 좋은 사람을 배우자로 맞으려면 나부터 좋은 사람이 되어야 한다. 그리고 상대방의 겉모습보다는 내면의 생각이나 성품, 인성 등이 올바른 사람을 배우자감으로 선택하는 게 좋다. 현재는 비록 가치가 조금 없어보여도 내면이 올바른 사람이라면 당신과의 시너지를 통해 상대를 성장시키면 된다.

결혼은 공동생활이다. 그리고 현실이다. 제 힘으로 일어서야 하는 것은 당연하며, 부모에게 의지해서는 '절름발이' 결혼일 수밖에 없다. 아내에게, 남편에게 해야 할 일을 다 할 때 공동생활은 가능해진다. 애정만으로는 결혼이라는 현실을 유지할 수 없다.

부부는 어디까지나 타인이다. 부부는 타인으로 시작해 타인으로 끝난다. 그러므로 한순간의 뜨거운 애정보다는 서로 간에 존중하고 배려하는 마음이 더 필요하다.

워싱턴대학교 심리학자이자 부부 상담 전문가 존 고트먼 교수는 부부가 오랫동안 행복한 관계를 유지하기 위한 황금비율을 제시했다.

"행복한 결혼생활과 이혼여부를 결정짓는 가장 중요한 변수는 부부간에 주고받는 긍정적인 대화와 부정적인 대화의 비율이다. 금실이 좋은 부부들은 비난이나 무시와 같은 부정적인 발언을 한 번 하면 격려나 칭찬과 같은 긍정적인 표현을 다섯 번 이상 하는 것으로 나타났다. 반면에 긍정적인 대화와 부정적인 대화의 비율이 5:1 이하로 떨어지면 결혼생활에 금이 가기 시작한다."

고트먼 박사는 700쌍 이상의 부부들을 관찰하여 이 같은 결론에 도달했다. 그리고 이를 '마법의 비율(Magic Ratio) 5:1'이라고 이름 지었다. 이 마법의 비율은 부부관계에서 뿐만 아니라 대부분의 인간관계에 모두 적용해 볼 수 있다.

배우자에 대한 배려는 평생 하라

배우자에 대한 배려는 평생 이어져야 한다. 아름다운 인생을 보내기 위해 남편을, 그리고 아내를 배려하는 마음을 잊지 말자.

우리나라에도 널리 알려진 소설 『빙점』의 저자 미우라 아야코는 남편 미쓰요를 처음 만날 당시만 해도 폐결핵과 척추질병으로 24세부터 13년 동안 병상에 누워 천장만 바라보는, 비참한 생활을 하고 있었다.

당시 아사히카와에서 공무원 생활을 하고 있던 미쓰요는 어느 날 우연히 아야코가 누워있는 병원에 방문하게 된다. 침상에 고정돼 움직일 수 없었던 아야코에게 미쓰요는 '너희는 마음에 근심하지 말라.'로 시작되는 성경의 구절을 읽어준다. 노래를 해달라는 아야코의 부탁을 받은 미쓰요는 '내 주를 가까이하려 함은'이라는 찬송을 불러주었다. 세 번째 방문한 날에 미쓰요는 그녀 앞에서 "내 생명을 아야코에게 주셔도 좋습니다. 아야코를 부디 낫게만 해주세요."라고 간절히 신께 기도했다.

만난지 5년 만에 드디어 이들은 결혼을 했다. 미쓰요가 병상에 누워있는 아야코에게 프로포즈를 하자 "언제 죽을지 모르는 사람과 결혼이라니, 말이 되느냐"고 거절하는 아야코에게 "당신과 사흘간만이라도 함께 있을 수 있어도 좋다."고 미쓰요는 진심을 담아 간곡히 부탁했다. 아야코는 미쓰요의 진심에 감동을 받았다. 미쓰요는 아야코를 보는 순간 첫눈에 사로잡힌 것이다. 그리하여 아야코는 마침내 미쓰요의 제안을 받아들였다. 그때 미스요가 35세, 아야코가 37세였다.

두 사람은 교회에서 조촐하게 결혼식을 올렸다. 이후 아야코는 기적적으로 치유됐다. 그때부터 아야코는 글을 쓰기 시작했다. 미쓰요는 아내가 글을 쓰기 시작하면서 공무원 생활을 접었다. 아내를 돕기 위해 자신을 희생한 것이다. 아내가 옆에서 구술한 내용을 종이에 필기했다. 1967년 〈사오카리 고개〉를 쓰기 시작할 때부터 30년 동안 미쓰요는 아야코의 남편이자 충실한 비서로 살았다.

두 사람의 이야기는 행복한 결혼생활이 무엇인지를 보여주는 감동의 스토리다.

결혼을 하면 자연스럽게 자녀를 얻게 된다. 자녀는 존재하는 것만으로도 좋다. 출산과 육아에는 엄청난 에너지가 필요하고, 유아기에는 특히 손이 많이 가지만, 젊기 때문에 할 수 있고 또 그 과정을 통해 부모는 자기 성장을 이룬다. 부모가 되는 것만으로도 거대한 에너지의 소유자가 되는 것이다. 아이는 또 하나의 자신이므로 이보다 더 완벽한 분신은 없다. 그런 아이에게 자신의 에너지를 쏟아 붓는 것은 당연하지만, 아이를 자신의 소유물이나 노예처럼 생각해서는 안 된다.

아이를 보면 부모의 인품을 알 수 있다. 아이는 부모의 거울이다. 그러니 부모는 아이의 문제를 학교나 사회 탓으로 돌리지 말아야 한다.

화목한
가정을
이루는 비결

어떤 사람에게는 가족은 힘든 하루하루를 버티게 하는 힘이 되기도
한다. 어떤 사람에게는 가족은 그리움의 대상이기도 하다. 또 어떤 사람에
게 마음속 상처가 모두 가족에게서 비롯되었다고도 말한다. 가족 속에서
행복해 하는 사람들에게 그 기쁨의 원천이 가족이 되기도 하지만 가족에
게서 상처받고 힘들어 하는 사람들은 그것이 가족으로부터 비롯되었기 때
문에 더 아프고 좌절감을 느끼게 하기도 한다. 그러나 대부분의 사람들에
게 가족은 기쁨과 즐거움과 행복의 원천인 것이다.

그러나 주위를 둘러보면 모든 가족이 다 행복한 것은 아니다. 가족이 모
여 산다고 해서 늘 즐거운 것도 아니고, 가족이 항상 나에게 힘이 되고 도

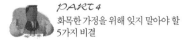

움을 주는 것도 아니다. 오히려 가족 간에 벌어지는 온갖 다툼과 끔찍한 사건, 사고 때문에 섬뜩한 기분을 느낄 때가 많다. 머리로는 가장 큰 힘과 의지가 되는 것이 가족이라고 믿고 있지만, 그런 가족도 때로는 서로에게 상처를 입히고 좌절을 안겨줄 수도 있다는 것을 실감하기 때문이다.

가족은 이렇게 서로 상반되는 두 얼굴을 가지고 있다. 우리는 흔히 사랑하는 사람과 결혼을 하고 아이를 낳으면 행복한 가정이 저절로 만들어질 것이라고 생각하지만, 그것은 착각일 뿐이다. 앞서 얘기한 극단적인 상황까지는 아니더라도 가족 간에 서로 외면하거나 무시하고, 어려움이 닥칠 때마다 서로 탓하거나 비난하고, '어떻게 하면 이놈의 지긋지긋한 집구석을 벗어날까' 기회만 노리는 가족이 생각보다 많다.

결혼 생활에 대한 비현실적인 기대가 원인이 되어 가족의 행복이 깨지는 경우도 있다. 남자와 여자가 사랑에 빠져 있을 때는 어떤 난관이라도 사랑으로 해쳐 나갈 수 있다고 굳게 믿는다. 물론 이들 역시 결혼 생활에는 여러 가지 문제나 어려움이 따른다는 것쯤은 알고 있을 것이다. 하지만 맹목적인 사랑이 분별력과 판단력을 떨어뜨리면 사랑만 있으면 된다고 호언장담을 하게 된다. 그러나 실제로 한 집에서 살다 보면 사랑만으로 해결할 수 없는 문제가 너무도 많다는 것을 깨닫게 된다. 배우자를 아무리 사랑해도 그의 부모가 진심으로 받아들여주지 않으면 한 가족으로 융화되는 데 어려움을 겪게 되고, 아무리 열심히 일해도 가난에서 헤어나지 못하면 사랑도 지치고 만다.

삶은 언제나 녹록치 않다. 노란 유채꽃이 만발한 제주도를 상상하고 아무 준비 없이 비행기에서 내렸는데, 막상 도착한 곳이 살을 에는 칼바람만 가득한 시베리아 벌판이라면 어떻게 할까. 그것도 하루 이틀의 신혼여행이 아니라 50년의 결혼생활이라면 문제는 심각하다. 내가 상상하던 것과 다르다고 해서 무를 수도 없는 노릇이고, 뒤늦게 현실을 깨닫고 허겁지겁 준비를 한다 해도 몸과 마음은 이미 상처투성이가 되고 만다.

최 씨는 지금 70대 후반으로 폐암에 걸려 서울에 있는 모 대학병원에 입원했다. 암 치료실에서 항암치료를 받고 있지만 마지막 희망도 포기한 채 하루하루를 고통과 회한의 시간 속에서 보내고 있다.

그는 경북 한 시골의 가난한 가정에서 2남 3녀 중 둘째로 태어났다. 어려서 너무 가난했기 때문에 빨리 커서 돈을 많이 벌고 그 돈을 원 없이 쓰고 싶은 생각뿐이었다.

고등학교를 간신히 졸업한 최 씨는 무작정 서울로 올라와 염직공장에 취직하는 것을 시작으로 막노동 등 무엇이든 가리지 않고 일을 하면서 돈을 벌었다. 그는 돈을 아끼기 위하여 하루에 두 끼로 버티면서 악착같이 벌었다. 돈을 어느 정도 벌자 그는 남대문시장에서 사채업을 하는 친척을 찾아가 돈을 맡겨 굴리기 시작했다. 그렇게 불린 돈으로 변두리에 땅을 사서

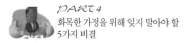

개간하여 더 많은 돈을 벌었다. 그리고 다시 빌딩을 사서 임대를 내주고 그렇게 하여 수십 억대의 자산가가 되었다. 그런 과정에 한 여자와 결혼하여 3남매를 두었으나, 아내와 사별하고 재혼하여 다시 남매를 두었다.

그러던 어느 날 그는 숨이 가빠 병원에 찾아갔고 검사 결과 폐암 말기라는 청천벽력과 같은 소리를 들었다. 그는 자신의 삶이 얼마 남지 않은 것을 알고 자기 나름대로 남은 가족들을 위해 재산을 분배했다. 그러나 그 과정에서 자식들은 모두 불만이 커지고 말았다.

평소 병문안을 오는 사람들도 드물었던 그에게 어느 날 갑자기 모든 자식들이 모여 들었다. 그가 누워 있는 앞에서 큰아들 며느리와 딸이 서로 큰소리를 지르며 욕을 하다가는 급기야 머리채를 잡고 싸우기 시작했다. 싸운 원인은 분배된 재산 때문이었다. 항암치료로 지쳐 있는 최 씨는 그런 광경을 쳐다보면서 자신이 인생을 너무나 잘못 살았다는 것을 깨닫고 통한과 함께 소리 없이 울었다.

뉴스에서나 나올 법한 이야기가 아니다. 최 씨와 같은 경우는 우리 주변에서 얼마든지 볼 수 있는 모습이다. 최 씨의 가정과 같은 가정을 만들지 않기 위해서는, 그리고 더 나아가 화목한 가정을 위해서는 어떻게 해야 할까?

화목한 가정을 만드는 일곱 가지 비결

첫째, 매일매일 감사와 사랑을 표현하라

행복한 가족의 이야기를 들어보면 그들 역시 사소한 것에 서로 감사하고 서로를 있는 그대로 존중해주는 것을 알 수 있다. 배우자나 자녀를 있는 그대로 받아들이는 것이 행복한 가족을 이루는 첫 걸음이라는 얘기다. 밥상 앞에 앉아마자 "또 된장찌개야?"하고 불평을 한다면 아침 내내 밥 하고 찌개 끓이느라 정신없던 아내의 마음이 어떻겠는가. 또 자녀에게 "넌 공부는 못하면서 밥은 참 잘 먹는다."라며 비난조로 얘기한다면 학교에 가는 자녀의 발걸음이 즐거울 리가 없지 않은가. 입장을 바꿔 생각해보면 간단하다. 특히 아침에는 가족들의 얼굴을 보며 간밤에 편안히 잘 잤는지 서로 안부를 묻고 오늘 하루도 즐겁고 활기차게 자신의 자리에서 열심히 지내보자고 기운을 북돋워주는 이야기를 해보는 것이다.

둘째, 문제 해결에 초점을 맞추어라

사람들은 흔히 생각하기에 행복한 가족은 아무 문제도 없고, 전혀 싸우지도 않으며 매일 웃음꽃을 피우며 산다고 생각한다. 그러나 같은 아파트의 103호 집이나 706호 집이나 사는 것은 크게 다르지 않다. 문제의 양과 문제의 종류, 갈등의 양과 갈등의 종류도 어느 집이나 대부분 비슷한 법이다.

PART 4
화목한 가정을 위해 잊지 말아야 할
5가지 비결

중요한 것은 그들에게 아무런 갈등이 없는 게 아니라, 크고 작은 일이 생길 때마다 그것을 어떻게 잘 풀어 가는지 그 방법을 갖고 있느냐 없느냐의 차이다.

비교적 별 탈 없이 지내는 가족을 살펴보면 그들은 어떠한 문제가 발생했을 때 그 문제가 어디서 어떻게 생겨났으며, 어떻게 해결할 수 있을지 누구에게도 상처를 주지 않고 해결할 수 있는 방법은 무엇인지를 찾기 위해 고민한다. 눈에 보이는 갈등 요소보다 그것을 해결해나가는 과정이 훨씬 더 중요하다는 것을 잘 알고 있기 때문이다. 이런 가정에서 벌어지는 사소한 문제는 오히려 그들의 화목을 다지는 도구가 된다.

셋째, 가족 간에 대화를 자주한다

사람은 누구나 말을 통해 자신의 생각을 표현하고 싶어 하며, 동시에 다른 사람으로부터 인정받고 싶어 한다. 이 같은 욕구를 가장 먼저, 가장 우호적으로 해소해 줄 수 있는 상대가 바로 가족이다.

부부 간에도 종종 "우리 얘기 좀 해."하고 대화의 자리를 마련하지만, 오히려 말싸움으로 번지는 경우가 많다. 서로가 상대방의 얘기는 듣지 않고 자신의 말만 앞세우기 때문이다. 상대방의 말을 자르고 자기가 먼저 말하려 하거나, 상대방이 말을 하는 와중에도 그 말을 듣기 보다는 자신이 받아칠 말을 생각하는 경우가 많다. 이래가지고서는 절대 말이 통할 리 없고 대화가 즐거울 리 없다. 행복한 가족은 대화가 있는 가족, 말이 통하는 가족이다. 상대방이 뭔가 말하고자 할 때 그것을 끝까지, 차분히 들어주는 것만으로도 가족 간에 생길 수 있는 오해와 갈등은 반으로 줄어들 것이다.

특히 부모는 자녀들이 어떤 의견을 제시하는 것에 대해 존중하는 태도로 받아들여주어야 한다. 어린 애가 뭘 아냐며 무시하거나 어른들 이야기하는 데 끼어들지 말라거나 네 생각은 별로 도움이 되지 않는다는 식으로 무시하지 않는다. 자녀도 소중한 가족의 구성원으로서 자신의 생각을 충분히 이야기할 수 있도록 기회를 준다. 이것은 평소 부모와 자식 간에 편안한 대화가 자주 이루어질 때 가능하다.

넷째, 가족과 함께하는 시간을 많이 갖고 함께 즐겨라

미국의 가족학자 데이비드 올슨과 존 드프레인 교수는 가족과 함께 하는 즐거운 시간이 많을수록 가족 간의 응집성과 결혼 만족도가 높아지는 경향이 있다고 말했다. 활발한 의사소통과 적극적인 상호작용을 통해 큰 돈을 들이지 않고도 행복한 추억을 만들 수 있다는 것이다.

중요한 것은 함께 활동을 하는 시간의 양이나 들이는 비용이 아니라 서로가 함께하는 동안 얼마나 유대감을 느끼며 즐기는가이다. 특히 맞벌이 가정의 부모들은 자녀와 함께 놀아주지 못하는 것에 대해 죄책감을 느끼는 경우가 많다. 하지만 일주일에 한 시간이라도 자녀가 그간의 외로움이

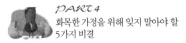

나 스트레스를 완전히 해소할 수 있도록 신나게 놀아주는 것이 하루 종일 함께 있으면서 아무 의미 없이 시간을 흘려보내는 것보다 훨씬 더 효과적이다. 중요한 것은 양이 아니라 질인 것이다.

다섯째, 서로에게 헌신하라

행복한 가정의 가장 큰 공통점 중 하나는 헌신이다. 요즘은 '희생'이나 '헌신'이라는 단어가 생소하게 느껴지지만 미국의 저명한 심리학자 로버트 스턴버그와 반스는 '사랑의 삼각형 이론'을 통해 사랑을 이루는 세 가지 요소를 친밀감, 열정 그리고 헌신으로 꼽았다.

그런데 요즘은 배우자와의 관계 또는 시부모나 처부모와의 관계에서 자신이 원하는 조건만 따지고 그 조건이 사라져 교환가치가 없다고 판단되면 여지없이 그 관계를 포기하고 마는 경우가 많아졌다. 가족을 위해 헌신하는 것 자체를 염두에 두지 않는 것이다. 하지만 행복한 가족은 서로를 위해 헌신하는 것을 즐거워하며, 크고 작은 희생과 배려를 통해 더 큰 행복감을 느낀다.

여섯째, 가족 공동의 가치관을 가져라

부부는 서로 마주 보는 사이가 아니라 같은 방향을 통해 함께 걸어가는 사람이라고 한다. 이는 가족 내에도 공유할 수 있는 비전이 있어야 함을 의미하는 말이다. 실제로 행복한 가정은 가족 구성원 모두가 공통의 가치관을 갖고, 서로를 끌어주고 밀어주며 용기를 불어넣는다. 이들은 가족인 동시에 사회적 동지이며, 같은 꿈을 꾸기 위해 힘을 합치는 파트너이다.

가족이 모두 행복하게 성장해나가기 위해서는 정직, 봉사, 사랑과 같은 건강한 가치관을 가정에 심어야 한다. 이런 마음은 가족을 더욱 단단하게 엮어줄 뿐 아니라 서로가 서로를 아끼고 위로하며 보듬게 한다. 가정이 심신의 안식처가 되기 위해서는 서로의 마음을 따뜻하게 데워줄 수 있어야 한다.

마지막으로 웃음이 넘치는 가정을 만들어라

늘 웃음이 넘치는 가족, 유머를 연출할 줄 아는 가족은 행복한 가족이다. 유머는 사람의 마음을 여는 열쇠다. 이 사실을 모르는 사람은 없을 것이다. 하지만 많은 사람들이 유머를 공적인 대인 관계를 위한 서비스 정도로 생각하는 경향이 있다. "굳이 가족을 상대로 유머를 해야 하느냐", "가족은 그냥 날 좀 편하게 내버려두는 관계가 되어야 하지 않느냐"고 되묻는다. 하지만 행복한 가정은 유머를 들려줄 가장 중요한 대상으로 가족을 꼽는다.

유머를 얼마나 센스 있게 잘하느냐 못하느냐는 그리 중요하지 않다. 가족을 즐겁게 해주려는 작은 노력이야말로 가족의 행복을 부르는 신호탄이다.

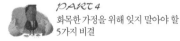

자식을 잘못 키우면
가장 많이
후회한다

예전에는 돈이 없어 자식을 제대로 교육 시키지 못한 것을 가장 미안해하고 후회했다. 그러나 오늘날 사람들의 형편이 나아지면서 그런 후회보다는 자식을 정서적으로 올바르게 기르지 못한 것에 대해 더 많이 후회하게 되는 것 같다. 게다가 가정마다 아이를 적게 낳아 기르다보니 지나친 과보호를 하게 되어 더 문제시되고 있다. 자녀 교육의 어려움은 비단 오늘 내일의 문제만은 아니다.

시인 존 윌모트는 "내가 결혼하기 전에는 자녀 교육에 대한 6가지 이론을 가지고 있었다. 그러나 여섯 명의 자녀가 생긴 지금은 아무런 이론도 없다."고 말했다. 그는 자녀교육이 참으로 힘들다는 것을 빗대어 말한 것이다.

그런데 요즘처럼 부모 자식 간의 관계가 위기를 맞았던 시대가 또 없을 것이다. 어느 시대이건 '자식은 부모의 마음을 모른다.'고 하지만, 점점 부모와 자식 간의 관계가 단절되어가고 있는 것만 같다. 그 책임은 대부분 부모에게 있다. 그렇기 때문에 지금이야말로 '부모의 마음'에 대해 진지하게 생각해 보아야 한다.

"자식이 아무리 깊이 부모를 생각해도 부모의 마음은 그보다 훨씬 더 깊이 자식을 생각한다. 내가 죽을죄를 지어 처형을 당하는 오늘 이날을 부모님은 어떤 마음으로 받아들이실까……."

이 시의 구절처럼, 부모의 마음은 얼마나 깊은지 자식이 감히 그 깊이를 헤아리기는 어렵다.

어떤 부모는 다 자라 성인이 된 자녀가 아무 일도 하지 않고 집에서 빈둥거리기만 하는데도 말 한마디 제대로 하지 못하고 눈치만 살핀다. 자기 방에 틀어박혀 거실에조차 나오려 하지 않는 경우에는 마치 보물단지라도 다루듯 눈치를 보면서 방문을 걸어 잠근 자식의 방 앞에 식사를 놓아주고, 빈 그릇이 나오면 도둑고양이처럼 조심스럽게 다가가 가져온다.

이는 부모가 해야 할 올바른 행동은 아니다. 이렇게까지 자식의 하인 노릇을 하는 것도 부모로서 올바른 자세가 아니지만 다 큰 성인이 되도록 자녀를 이 지경까지 몰고 간 부모의 책임은 더 크다고 할 수 있다.

식사는 가족이 함께 모여서 하는 것이다. 자녀가 식사를 위해 나오지 않으면 굳이 갖다 줄 필요가 없다. 먹지 않으면 그만이다. 배가 고프면 나올 수밖에 없다. 굶겠다고 하면 그러라고 말할 수 있을 정도의 기개를 요즘 부모들에게서는 찾아보기 어렵다. 응석이나 부리는 그런 자식을 이해해 주어야 한다는 마음을 앞세우면서, 사실은 부모 자신이 자식을 떼어 놓지 못하고 있는 것이다.

특히 최근에 초등학교는 물론 중학교에서까지 선생님이 아이를 나무라면 부모가 달려와서 한바탕 난리를 치는 일들이 많아지고 있다. 그래서 요즘 선생님들은 학생이 잘못된 행동이나 언행을 해도 지적하거나 훈계를 하지 않는다. 아니, 아예 포기했다고 표현하는 것이 맞을 것 같다. '우리 아이가 잘못을 했으니까 선생님에게 야단을 치신 거겠지.'라는 생각은 조금도 하지 않는다. 이런 부모 밑에서 자란 아이는 인격적으로 절대로 성장할 수 없다.

물론, 도가 지나친 체벌이나 이해할 수 없는 폭력은 논외다. 그러나 그것도 부모가 받아들이기를 "이 정도의 이유로 야단을 치다니, 이게 폭력이 아니고 뭐예요?"라는 식으로 반응한다면 할 말이 없다. 아이 말만 듣고 다짜고짜 선생을 찾아가 항의부터 하고보는 상식 이하의 부모들이 많아지고 있다는 것은 참 씁쓸한 일임에는 분명하다.

일본 야구선수인 기요하라 가즈히로는 고교 시절, 두 번이나 고교 야구를 제패한 최고의 인재였다. 때문에 본인이 가장 좋아하는 자이언트에 1위로 지명이 될 것이라고 확신하고 있었다. 그러나 자이언트는 다른 학생을 1위로 지명했다. 눈물을 흘리며 집으로 돌아온 기요하라를 보고 그의 어머니는 이렇게 말했다.

"네가 독단적으로 기대했다가 그 기대가 엇나갔을 뿐이잖아. 남자답게 깨끗이 포기해. 남자라면 다시 노력해서 실력을 입증해 보이면 되잖아!"

만약 그의 어머니가 자녀의 응석이나 받아 주는 사람이었다면 그의 재능은 절대로 육성되지 않았을 것이다. 이후에도 그의 활약은 눈부셨고, 몇 년 뒤 자이언트의 요청에 의해 구단을 자이언트로 옮길 수 있었다.

자식의 말이라면 무조건 안절부절못하는 부모 밑에서 자란 아이는 불쌍하다. 자식의 응석을 받아주는 부모 역시 응석받이다.

유교 경전 중 하나인 『주역』에 이런 글이 나온다.

"부모는 믿음과 위엄을 바탕으로 엄하게 자녀를 길러야 한다. 그러다보면 당연히 어려움도 따르고 후회도 생긴다. 자녀는 불만이 쌓여 반항하게 되니 어려움이 있고, 자녀에게 살갑게 사랑을 표현하지 못했으니 부모 스스로 후회가 생긴다. 하지만 엄격하게 길러야 자녀의 앞길이 트이고 마지막이 길하다."

무조건 자식에게 엄격해서도 안 된다. 기본적으로 자식에 대한 사랑과 믿음을 전제한 엄격함이어야 할 것이다. 오늘 내 자녀를 생각했을 때 마음에

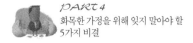

PART 4
화목한 가정을 위해 잊지 말아야 할
5가지 비결

걸리는 부분이 있다면, 다시 한 번 부모와 자식의 관계를 진지하게 생각해보자.

부모와 자식 관계를 다시 생각하라

'친구 같은 부모'가 오늘날 젊은 세대 사이에서 점차 늘어가고 있다. 이것은 바람직하지 못한 관계다. 시류를 탄 유행 같은 부모 자식 관계라고 생각하는 것인지는 모르겠지만, 부모가 자식과 친구처럼 지낸다는 것은 올바른 부모와 자식의 관계가 아니다. 부모와 자식은 어디까지나 부모와 자식일 뿐, 절대로 친구가 될 수 없다.

공자의 가르침에 '효제(孝悌)의 덕(德)'이라는 것이 있다. 효는 물론 부모에 대한 자식의 효행을 가리킨다. 제(悌)는 연하인 사람이 연장자를 따르는 것이다. 이 효제의 덕이 있어야 비로소 가족의 질서가 유지된다고 공자는 말했다.

부모와 자식은 상하관계인 것이 자연스러운 모습이다. 그런 기본을 무시하고 부모 자식 사이에 친구 관계를 도입한다는 것은 열린 관계도, 서로 존중하는 관계도 아니다.

'부모'를 가리키는 '친(親)'자의 성립을 보면, 본래 부모는 어떤 존재인지 이해할 수 있다. '나무(木) 위에 서서(立) 본다(見).' 너무 가까이 다가가는 것이 아니라, 어느 정도의 거리를 유지하면서 자식을 지켜보는 것이 부모라는 뜻이다.

자녀를 훌륭하게 키운 부모들은 아이가 학교를 졸업하면 독립시킨다. 작은 방에서 혼자 생활을 하며 세상이 어떤 것인지 경험하는 과정에서, 적절히 고생도 하면서 어른으로 성장하는 것이라고 생각하기 때문이다. 그렇게 떼어 놓고 보이지 않는 지원을 해주며 어른으로 성장해 가는 모습을 지켜본다. 진정한 부모의 마음은 그런 것이다. 부모에게도 각오가 필요하다.

"부모는 일종의 직업이다. 하지만 요즘에는 자식을 위해 이 직업의 적성 검사가 이루어지지 않고 있다." 버나드 쇼의 말이다.

요즘 젊은 부모들이 마음에 새겨들어야 할 말이다. 만약 부모의 적성검사가 존재한다면, 그 검사를 통과할 수 있는 부모들이 아마 얼마 되지 않을 것이다.

자식 일이라면 무조건 감싸주려고만 하는 어리석은 부모의 마음 따위는 자식을 위해서 버려야 한다. 부모 자식 관계를 올바르게 회복하려면 그것부터 시작해야 한다.

오노레 드 발자크의 소설 『고리오 영감』은 딸들을 너무 사랑한 나머지 사랑과 돈을 아낌없이 투자하다가 비극적인 최후를 맞이하는 고리오 영

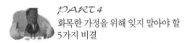

감의 씁쓸한 말로를 보여준다.

소설 속의 고리오 영감은 프랑스판 딸 바보였다. 고리오 영감은 매년 6만 프랑 이상 벌어들이는 부자였지만, 자신을 위해서는 1천 2백 프랑 이상 쓰는 일이 없었다. 그러나 두 딸을 위해서라면 아낌없이 돈을 썼다. 두 딸은 승마를 배웠고, 지금의 고급 승용차에 해당되는 고급 마차를 타고 다녔다. 그렇게 딸을 위해서 아낌없이 돈을 써도 두 딸이 아버지를 위해서 하는 일이라고는 고작 하루에 한 번씩 안아주는 것뿐이었다.

제면 업자로 성공한 고리오 영감은 애지중지 키운 두 딸을 많은 지참금과 함께 자산가이자 귀족에게 시집을 보냈다. 이후 딸들은 아버지로부터 거액의 상속을 받자마자 아버지를 사정없이 내쫓는다. 급기야 무도회에 갈 옷 값을 내놓으라고 병석에 누워있는 아버지를 다그친다.

고리오 영감은 죽을 때 무엇을 생각할까? 아마도 자식을 잘못 키운 것에 자책과 함께 후회의 눈물을 흘릴 것이다. 그러나 때는 이미 늦었다.

무조건 좋기만 한 부모 밑에서 자란 자녀는 성숙한 인간으로 성장하지 못할 가능성이 높다. 사춘기 이후에는 자녀를 통제하고 싶어도 할 수 없게 된다. 이미 시기가 늦어버린 것이다. 자녀를 진심으로 사랑하고 잘 되기를 바란다면 평소에는 자애로운 부모라도 때로는 엄격한 부모가 되어야 한다.

PART 5

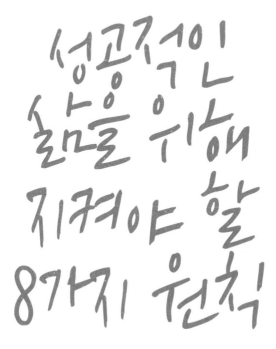

성공적인
삶을 위해
지켜야 할
8가지 원칙

Bucket List No.42

후회 없는 삶을 살기 위해서는
주위 사람들을 의식해서는 안 된다.
당신 자신과 이루고자 하는
목표만 생각해야 한다.

자기
페이스를
유지하라

사람의 일생을 대체로 마라톤이라는 경기에 비유하곤 한다. 한 인간의 수명이 100세 정도라고 가정하더라도 그리 짧지만은 않은 기간이다. 이렇게 긴 여정을 달려가려면 무조건 빠르게 달려서도 안 되며 그렇다고 너무 느리게 걸어도 지치게 된다. 인생이라는 경기에서 자신이 정한 목표를 달성하려면 나름대로 원칙과 속도가 필요하다. 그래야 그 경기에서 낙오되지 않고 끝까지 완주할 수 있다. 당신은 자신의 레이스에 대해 어떤 원칙과 어느 정도의 속도를 가지고 달려가고 있는가?

우리는 토끼와 거북이의 달리기 경주 이야기를 잘 알고 있다. 이 이야기를 가만히 들여다보면 토끼와 거북이는 둘 다 자신의 페이스를 알고 있다. 그래서 경기 도중 토끼는 잠을 청할 시간까지 만들 수 있었던 것이고 반면에 거북이도 자기 페이스를 알고 있었기 때문에 쉬지도 않고 열심히 걸어간 것이다. 거북이는 오로지 자기 페이스를 유지하면서 목표를 향해 쉬지 않고 달려간 덕분에 토끼를 이길 수 있었던 것이다.

인생도 마찬가지다. 삶을 살면서 자신은 어느 정도의 속도로 달려가는 게 지치지 않고 끝까지 갈 수 있는지를 잘 알고 있어야 한다. 이 부분에서 오해하지 말아야 할 것이 있다. 무조건 남과 비교해서 자신의 속도를 정하지 말라는 것이다.

지구의 70억 이상이나 되는 사람들 중에 나와 같은 사람은 단 한 명도 없다는 사실을 기억하라. 나는 이 세상에서 유일한 존재이며 가장 가치 있는 사람이라는 것을 알아차리라. 다른 사람과 비교하여 나도 남들과 똑같거나 비슷하게 살아가야 한다는 생각은 조금도 하지 않기를 바란다. 자신만의 속도로 자신만이 할 수 있는 레이스를 펼치라.

격년결과(隔年結果)에 대해 들어본 적이 있는가. 우리가 흔히 '해거리'라고 하는데 과일을 맺는 나무에서 볼 수 있는 현상이다. 해거리는 과일나무가 한 해는 과일을 많이 맺고 다음 해에는 과일을 아주 적게 맺는 것을 교대로 반복하는 현상을 말한다. 과일나무가 이렇게 해거리를 하는 이유는

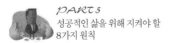

휴(休)년 동안 축적된 에너지를 다음 해에 탐스러운 열매로 쏟아내기 위해서다. 나무도 이렇게 스스로 자신의 페이스를 조절하고 있는 것이다. 이런 예를 보면 자연 현상은 인간이 상상할 수 없을 정도로 신비하고 경이롭다.

과일나무처럼 우리 인생에서도 쉬면서 재충전을 갖는 기간과 크고 탐스러운 열매를 맺는 시간을 계획하고, 에너지를 축적해야 할 때와 발산해야 할 때를 적당히 조절하며 페이스를 유지해 나가야 한다.

자기 페이스를 알기

포드자동차 회사에 두 청년이 입사했다. 그 청년은 최고 학부를 나왔고, 한 청년은 학력이 전무했다. 그런데 두 청년에게 똑같은 견습공 직무가 맡겨졌다. 그런데 대학을 졸업한 청년은 억울한 생각이 들어 항의를 했다.

"저는 최고 학부를 나왔는데. 학력이 전무한 사람과 똑같은 일을 시킨다니 혹시 무슨 착오가 있은 것은 아닙니까?"

그러자 포드는 이렇게 말했다.

"나는 학력을 보고 자네를 뽑은 것이 아니라 실력을 보고 뽑았네. 자네가 실력이 있으면 곧 원하는 자리를 얻을 수 있을 것일세."

그런데 그 청년은 자신의 학력만 생각하고 억울하다는 생각이 들어 그만 사표를 내고 말았다. 그는 자기 실력과 능력 즉, 페이스를 알지 못하고 그저 편안하고 빨리 승진할 수 있는 자리를 원했던 것이다. 반면에 무학력인 그 청년은 꾸준히 열심히 일을 하여 마침내 포드자동차 사장이 되었다. 반면에 대학 출신 사원은 이곳저곳으로 직장을 옮기다가 나이 들어서 말단사원에서 명예퇴직을 하게 되었다. 나중에 자신과 함께 입사한, 그 무학력의 사원이 회사 사장이 된 것을 알고 통곡을 하며 후회했다. 그러나 때는 이미 늦은 것이다.

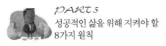

구간 목표를 세우고
기록을
체크하라

Bucket List 02

인생이라는 레이스는 아주 길게 뻗어있다. 긴 레이스를 단숨에 달려
갈 수도 없을뿐더러 빨리 달리고 끝내겠다고 생각하여 빨리 끝낼 수 있는
것도 아니다. '성공'이라는 결승점에 도달하기까지 다양한 구간을 지나와
야 한다. 오르막도 있고 내리막도 있다. 그러한 구간별로 작전과 목표가 설
정되어야 한다. 성공만 생각하면 왠지 모르게 너무나 멀리 있어서 잡을 수
없을 것처럼 느껴져도 눈에 보이는 작은 목표들을 성취해 나가다보면 어
느 날 100미터 앞의 결승선이 보일 것이다.

목표를 향해 한 번에 도달하려는 우를 범하지 말라

　어느 시골에 살고 있는 부녀가 있었다. 아버지는 딸에게 밤에 혼자 외양간에 있는 소에게 먹이를 주는 일을 가르쳐 주고 싶었다. 그런데 어린 딸은 소에게 먹이를 주는 일을, 게다가 캄캄한 밤에 주는 것을 하지 않으려고 했다.

　아버지는 딸에게 꼭 그 일을 가르치려고 마음먹고 어느 날 밤 등불을 켜들고는 딸을 불렀다.

　"불빛으로 어디까지 볼 수 있느냐?"

　"대문까지 보여요."

　딸이 대답했다.

　"좋아, 이제 이 등불을 들고 대문앞까지 가보아라."

　아버지가 다정하게 말했다. 그러자 딸은 아버지의 말대로 대문앞까지 걸어가자, 아버지가 다시 물었다.

　"이제는 어디까지 보이느냐?"

　딸은 마구간이 보인다고 말했다.

　"좋아, 이번에는 마구간까지 가보아라."

　또 다시 딸은 아버지의 말대로 움직였다. 마침내 마구간에 도달한 딸에게 다시 말했다.

　"이제 마구간의 문을 열어보아라."

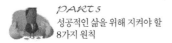

잠시 후 딸은 마구간의 문을 열더니 소리쳤다.

"소가 보여요!"

"잘했다. 그럼 이제 소에게 먹이를 주어보렴."

아버지는 흐뭇한 표정을 지으며 방으로 들어왔다.

사람들은 목표를 너무 멀게 느끼거나, 한꺼번에 도달하려고 하다가 그만 지쳐버리고 만다. 포기하지 않기 위해서는 연령별로 또는 시기별로 구간을 나누어 세우는 것이 좋다.

구간은 사람과 형편에 따라 다르겠지만 보통 짧게 1년, 3년, 5년 기간을 구간으로 정한다. 그리고 그 기간에 페이스의 기록을 꼼꼼히 따져야 한다. 그 기록에는 그 구간의 페이스의 성공과 실패의 기록을 적어야 한다. 그런데 나중에 도움이 되는 것은 성공의 기록이 아니라 쓰라린 실패의 기록이다.

1984년 도쿄, 1986년 이탈리아 국제마라톤대회에서 우승한 야마다 혼이치의 이야기를 살펴보자.

1984년 그가 도쿄 국제마라톤대회에서 우승하자 기자들이 몰려와 좋은 성적을 올리게 된 비결이 무엇이냐고 물었다. 그러자 그는 이렇게 답했다.

"저는 머리로 달렸습니다."

기자들은 무슨 뜻인지 모르겠다는 듯 어리둥절한 표정을 지었다. 2년 후, 1986년 이탈리아 국제마라톤 대회에서 다시 우승했을 때 기자들은 또 질문했다. 그는 똑같이 답했다.

"저는 머리로 달렸습니다."

그는 다른 마라톤 선수들과 다름없는 평범한 선수였다. 출발선을 지나면 40킬로미터 밖의 결승점에 깃발이 걸려 있다. 그는 길고 긴 거리를 달리면서 흥분과 긴장은 점차 사라져감을 느꼈고 10킬로미터를 지나고 나면 이미 지쳐버려서 속도가 점점 느려지는 걸 느꼈다. 그러던 어느 날 그가 잡지를 보다가 우연히 읽게 된 글에서 깊은 인상을 받았다.

"우리에게는 목표가 있습니다. 하지만 목표까지 가려면 너무 멀고 험하여 중간에 포기하고 맙니다. 결국 성공의 희열도 누릴 수 없게 되지요. 하나의 큰 목표를 몇 개의 작은 목표로 나누어 보십시오. 그리고 하나씩 차근히 실천해 나가는 것입니다."

이 글은 인생에서 성공하기 위한 방법을 제시한 글이었지만, 그에게는 마라톤의 비밀을 이야기하는 것으로 느껴졌다. 그리하여 그는 마라톤에서 이 방법을 써보기로 마음먹었다.

그날 이후 야마다 혼이치는 대회 전날이 되면 차를 타고 자신이 뛰게 될 코스를 꼼꼼하게 둘러보았다. 코스를 따라 눈에 띄는 곳에 표시를 기억해 두었다. 예를 들어, 첫 번째 표시는 은행, 두 번째 표시는 오래된 은행나무,

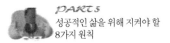

세 번째 표시는 빨간 벽돌 건물 등 스스로 정한 표시들을 대회 결승점까지 이어지도록 마음속에 표시해 두었다.

그리고 대회가 시작되면 우선 첫 번째 목표를 향해 온 힘을 다했다. 첫 번째 목표에 도착할 때쯤엔 두 번째 목표를 향해 같은 속도로 달렸다. 그는 40킬로미터의 마라톤 코스를 이렇게 몇 개의 작은 목표로 나누어 쉽게 완주할 수 있었던 것이다. 그리하여 마침내 국제마라톤대회에서 두 차례나 우승을 거머쥘 수 있었다.

큰 목표를 작은 목표들로 나누어 하루, 한 달, 일 년을 노력하면 어느새 결승점에 도착해 있는 자신의 모습을 발견하게 될 것이다.

주변의
사람들을
의식하지 말라

Bucket List 03

주위의 사람들로부터 칭찬과 격려의 말을 들을 수도 있다. 하지만 그 반대로 야유와 험담을 들을 수도 있다. 그러므로 주위를 의식하다 보면 오 버 페이스이거나 아예 발이 걸려 넘어질 수도 있다. 따라서 주위의 사람들 을 너무 의식해서는 안 된다.

주위의 사람들을 의식하지 않으려면 뚜렷한 목표와 가치관이 있어야 한 다. 자신만의 분명한 가치관을 가지고 목표만 바라볼 때 주위의 사람들을 의식하지 않게 되며, 어떤 조소나 비판에도 흔들리지 않게 된다. 오로지 목 표만 생각하고, 목표만 바라보며, 자신의 생각과 판단이 옳다는 확고한 신 념을 가져야 주위를 의식하지 않고 나아갈 수 있다.

자기 자신만 의식하라

다음은 탈무드에 나오는 이야기다.

상당한 부와 권력을 가지고 있던 핫산은 어느 날 그런 것들이 무의미하다는 것을 깨닫고 모든 것을 버리고 유명하다고 소문만 스승을 찾아가 그의 문하생이 되기를 간청했다.

스승은 그의 마음 속에는 옛날의 부와 권력을 가지고 있던 시절의 오만함을 아직 버리지 못하고 있고, 또한 옛날을 생각하여 주위의 사람들을 의식하고 있음을 알고 몇 번 거절했다. 그러나 핫산은 포기하지 않고 계속 찾아가서 간청했다. 그의 청을 더 이상 거절할 수 없음을 안 스승은 핫산을 불러서 말했다.

"핫산아, 지금 시장에 가서 양의 내장 40킬로그램을 사서 등에 메고 오너라."

핫산은 즉시 마을 한 끝에 있는 시장으로 달려갔다. 피가 아직도 뚝뚝 떨어지고 있는 내장을 등에 메고 사원으로 갔다. 흘러내리는 양의 핏물 때문에 옷은 말할 것도 없고 온몸이 피로 얼룩졌다. 그는 말할 수 없는 모욕감을 느꼈다.

핫산이 피가 뚝뚝 떨어지는 양의 내장을 메고 오자, 스승은 다른 주문을 했다.

"핫산아, 지금 당장 정육점에 가서 양의 내장을 끓일 수 있는 큰 냄비를 빌려 오너라"

핫산은 아직 피가 묻어 있는 옷을 그냥 입은 채로 시장과 반대쪽에 있는 정육점으로 달려갔다. 그는 정육점을 향해 가면서 자존심이 상해 그만둘까하는 생각과 분노가 치밀어 올랐다. 그러나 그는 지금 포기하면 아무것도 얻는 것이 없을 것 같아서 이를 악물고 정육점에 가서 냄비를 등에 메고 왔다.

그러자 스승은 그에게 다시 명령했다.

"지금 시장에 가서 길에 만난 사람들에게 물어라. 혹시 등에 내장을 메고 가는 사람을 본 일이 있느냐 물어라."

핫산이 길에서 만난 사람들마다 붙잡고 물었으나 어느 누구도 본 사람이 없다고 했다. 핫산이 돌아와서 그렇게 보고하자, 스승은 이번에는 정육점 방향으로 가서 만나는 사람에게 큰 냄비를 메고 가는 사람을 본 일이 있느냐고 물어 보라고 했다. 핫산은 다시 정육점 방향으로 가면서 만나는 사람마다 물었으나 한 사람도 보았다고 말하지 않았다. 핫산이 돌아와서 그렇게 보고하자 스승은 그때 웃으면서 이렇게 말했다.

"핫산아, 이제 알겠느냐? 너는 사람들이 네 모습을 보고 있을 것이라고 생각하지만 아무도 너를 본 사람이 없었다. 그러므로 이제부터 주위 사람

들을 의식하지 말고 오직 네 자신만을 의식하고 살아라."

그러고는 스승은 모든 제자를 불러 핫산이 메고 온 양고기를 큰 냄비에 끓여서 먹도록 했다.

그렇다. 후회 없는 삶을 살기 위해서는 주위 사람들을 의식해서는 안 된다. 당신 자신과 이루고자 하는 목표만 생각해야 한다.

가장 소중한 것을
레이스의
목표로 삼아라

인생 레이스를 하다 보면 '레이스가 왜 이리 힘들까'는 생각이 생겨 스스로 포기할 수도 있다. 따라서 가장 소중한 것을 목표로 삼았을 때는 지치고 힘들 때에 위안을 삼을 수가 있다. 가장 소중한 것은 인생 레이스를 펼치는 사람마다 다를 수 있다고 한다. 그것이 무엇인지 잘 안다. 아니 느낌으로 안다.

그런데 많은 사람들이 정말로 자신에게 소중한 것을 삶의 목표로 삼지 않고 가치가 없고 소중하지도 않는 것을 목표로 삼아 아까운 세월을 보낸다. 그리고는 나중에 '이게 아닌데…….'하고 후회를 한다.

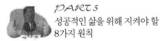

인생에서 소중한 것이 무엇인가?

한 지혜로운 스승의 집에 제자 한 사람이 찾아왔다. 제자는 그 스승의 집에서 지금까지 보지 못했던 아주 작은 주발이 놓여 있는 것을 발견했다.

"스님, 이 귀한 주발을 어디에서 구하셨습니까?"

"밥을 구걸하러 다니다가 얼마 전에 죽은 거지의 밥통을 주웠다네."

저렇게 귀한 주발이 거지의 밥통이라니, 도저히 믿어지지 않은 제자는 스승에게 말했다.

"거지의 밥통이라니요? 어떻게 거지가 저렇게 귀한 주발을 밥통으로 쓸 수 있습니까? 믿어지지가 않습니다."

"허허, 이 사람, 사실이라니까?"

"그렇다면 그 거지는 이 귀한 주발을 팔 생각을 안 하고 구걸하러 다녔다는 말씀이십니까?"

"그러게 말일세. 그런데 밥통을 판다는 것이 쉬운 일이 아니지."

그러자 제자는 따지듯이 말했다.

"밥통을 파는 것이 뭐 그리 어렵습니까?"

스승은 한동안 말없이 있다가 한참 후에야 입을 열었다.

"그 거지는 배가 고파 구걸할 생각만 했지. 자신이 갖고 있는 밥통의 가치를 몰랐던 것이지. 그러니까 구걸하는 데만 신경을 쓴 것이지."

많은 사람들은 진정으로 소중한 것이 무엇인지 모른다. 그리하여 하찮은 것에만 집착하여 그것 대문에 귀중한 시간을 낭비한다.

당신에게 진정으로 소중한 것은 무엇인가? 그것을 위해 목숨을 걸어라. 그러면 후회하지 않고 삶을 마칠 수 있다.

목표만
바라보고
나아가라

Bucket List 05

토끼와 거북이의 이야기에서 우리가 알 수 있는 것은 거북이는 산등성 즉 목표만 바라보고 열심히 달려갔다. 그에 반해 토끼는 상대인 거북이만 바라보고 뛰었다.

토끼는 어느 시점에서 뒤쳐져 오는 거북이를 보고 수풀 속에 들어갔다. 그가 바라본 것은 거북이였기 때문에 수풀 속에 들어가 잠시 눈을 붙인 것이다. 그러나 거북이는 뒤에 오다가 숲속에서 쉬고 있는 토끼를 보았다. 그러나 개의치 않고 산등성에 있는 깃발 목표만 보고 달려갔다. 그리하여 거북이는 느림보였음에도 불구하고 토끼를 이겼다. 인생 레이스에서도 마찬가지다. 목표에 집중하고 나아가는 사람이 결국 이긴다.

레바논 출신의 무사 알라미는 부유한 가정에서 태어나 영국에서 교육을 받은 엘리트 출신이지만, 레바논 전쟁에 휩쓸려 그만 모든 재산을 잃고 말았다.

그는 요단강 유역의 황망한 사막으로 갔다. 그 지방은 수천 년 동안 뜨거운 태양 아래서 풀 한 포기 나지 않는 곳이었다. 무사 알라미는 미국 캘리포니아 사막에서 지하수를 이용하여 작물 재배에 성공했다는 이야기를 전해 듣고, 이 타는 듯한 모래밭에도 반드시 물이 있을 것이라고 확신했다.

예부터 그 사막 부근에서 마을을 이루어 살고 있던 주민들은 무모한 짓이라고 말렸다. 사막을 연구하는 학자들도 그 곳은 물 한 방울 나지 않을 것이라고 말했다. 그러나 알라미는 주위의 말에 조금도 흔들리지 않았다. 그는 마을에서 가난하게 사는 사람들과 함께 사막 한가운데로 갔다.

그들에게는 성능 좋은 착공기도, 운반기도 없었다. 오로지 곡괭이와 삽으로만 사막을 파고 들어갔다. 작열하는 태양 아래 화상을 입으면서도 삽질을 멈추지 않았다. 멀리서 지나가던 마을 사람들이 혀를 차며 어리석은 짓을 한다고 비웃었다. 그러나 알라미는 그들을 조금도 의식하지 않았다. 오로지 물을 찾겠다는 목표만 생각했다. 메마른 사막을 파기 시작한 지 몇 개월 만에 드디어 촉촉한 모래가 나오기 시작했다. 그리고 마침내 그들이 파고 들어간 구멍에서 시원한 물이 나오기 시작했다. 그리하여 수천 년 동안 버려졌던 이 땅에 지금 온갖 과일과 야채가 재배되고 있다.

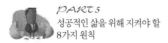

기록이 문제가 아니다

기록이 좀 나빠도 괜찮다. 어차피 빠르거나 느리거나 하는 것은 기록일 뿐 인생의 레이스에서는 중요하지 않다. 기록상의 1등이든 꼴등이든 인생 마지막 종착역에서는 똑같다. 적어도 인생 레이스에서 완주한 사람은 뭔가를 이룩했다는 점에서 다르고 훌륭한 것이다 따라서 속도가 빠르냐 느리냐가 문제가 아니라 중도에 포기했느냐 하지 않았느냐가 중요하다. 포기하지 말라. 완주하라. 그것이 인생이라는 마라톤에서 가장 중요한 것이다.

'10년 빨리 출세하면 10년 빨리 논다.'는 말이 있듯이 중요한 것은 자기 페이스를 잃지 않는 것이다.

애써 서둘지 말라. 자기만의 속도, 자기만의 페이스를 유지할, 그리고 때로는 힘들어서 멈출지언정 절대로 포기하지 말라. 그 걸음으로 꾸준히 가라. 그러면 목표에 도달하게 된다. 이런 원칙을 죽기 전까지 지켜나가는 사람이 후회 없는 삶을, 보람 있는 성공적인 삶을 살게 된다.

절대
포기하지
말라

Bucket List 06

　마라톤 경기에서 중도에서 포기하면 그것은 말할 것도 없이 패한 것
이다. 그때는 어느 누구도 안타까워하지 않는다. 사람들은 설령 꼴찌로 들
어와도 최선을 다한 사람에게 찬사를 보낸다.

　인생의 레이스에서도 마찬가지다. 중도에 포기하는 사람은 그 어떤 변
명도 통하지 않는다. 마라톤과 달리 자기 자신이 그런 자세를 질책한다.

　물론 포기가 필요한 경우도 생기게 마련이다. 남녀 관계에서도 여성이
가장 싫어하는 것이 포기할 줄 모르는 남자다. 여성 쪽은 사귀고 싶은 마
음이 전혀 없는데 남성이 혼자 들떠서 다가간다면, 여성의 입장에서는 견
디기 어려운 법이다.

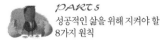

PART 5
성공적인 삶을 위해 지켜야 할
8가지 원칙

연애는 혼자 하는 것이 아니다. 상대가 있어야 하기 때문에 때로는 골치 아픈 문제까지 발생하기도 한다. 가능성이 없다고 여겨지면 깨끗하게 포기할 줄도 알아야 한다.

하지만 그 대상이 일이나 인생의 목표라면, 포기는 어떤 의미를 가질까.

프랑스를 대표하는 작가 발자크의 명언을 살펴보자.

"포기는 일상적인 자살이다."

그는 포기가 자신의 영혼을 죽음에 이르게 하는 것이라고 말한다. 깨끗한 포기라고 하면 겉으로는 산뜻해 보이지만, 사실은 그곳에서 도피하는 행위이거나 의욕을 잃은 것일 뿐인 경우가 많다. 그것은 확실히 삶의 능력과 의욕을 위축시킨다. 발자크의 말은 그런 의미가 아닐까.

나약한 '포기심리'는 버려야 한다. 물론, 끝까지 노력을 했는데도 불가능한 일은 어쩔 수 없다. 하지만 현실적으로는 아직 노력할 여지가 충분히 남아 있는데 포기하는 경우가 꽤 많이 있다.

'포기'는 마지막 순간의 선택이다. 어떤 일에 대해 마지막 순간까지 노력을 한 후에도 어쩔 수 없을 때 선택하는 것이다. 그런 노력도 하지 않고 중간에 손을 떼는 것은 안일한 포기이며, 그 어떤 의미도 없다.

'손절매'라는 말이 있다. 주식 투자에서 사용하는 용어로, 어느 정도 손실을 감수하고 주식을 매도하는 것을 말한다. 이런 간파력이 없으면 손실이 더욱 커져 결국 막대한 금액을 잃게 된다. 포기해야 하는 적당한 타이밍을 간파하는 능력이 바로 '손절매'의 기술이다. 손해를 보더라도 적당한 시기에 놓아 버리는 결단은 의미 없이 끝까지 붙잡고 매달리는 것보다 더 중요하다. 하지만 끝까지 노력해 보지 않고는 이런 결단을 내리기 어렵다.

아직 최선의 노력을 해보지도 않았는데 포기해 버리거나 반대로 시기를 놓쳤는데 '아직 아냐. 더 기다려 보자.'라고 생각하는 것은 오판이다. 물론 그런 결단을 내리려면 경험과 감각도 중요하지만, 무엇보다 중요한 것은 최선을 다해 노력해 본다는 의지다.

주식이라면 일시적인 손해로 그칠 수 있다. 하지만 인생의 목표를 안일하게 포기해 버리면 인생 그 자체가 무의미해진다.

고등학교 미식축구 팀의 한 코치가 시즌 중반에 선수들을 모아놓고 말했다.

"마이클 조던이 포기한 적이 있었던가?"

선수들이 대답했다.

"없습니다."

그러자 코치는 큰 소리로 다시 물었다.

"라이트 형제는? 그들이 포기했다는 말을 들은 적이 있는가?"

이번에도 학생들은 큰 소리로 대답했다.

"없습니다."

"엘머 윌리엄스가 포기한 적이 있는가?"

학생들은 아무도 대답하지 않았다. 긴 침묵이 흘렀다. 그러자 한 학생이 물었다.

"엘머 윌리엄스가 누구입니까? 그런 사람의 이름을 들어본 적이 없습니다."

그러자 코치가 큰 소리로 말했다.

"물론 모를 것이다. 왜냐하면 그 친구는 중간에 포기했기 때문이다."

약간의 장애물을 만났다는 이유만으로 "내게는 너무 큰 목표였다, 나는 도저히 이룰 수 없는 꿈이야."라는 식으로 포기해 버리면 인생의 폭을 넓힐 수 없다. 목표는 희망이기도 하기 때문이다.

목적이 분명할 때 포기하지 않는다

포기하지 않기 위해서는 목적과 목표를 분명히 해야 한다. 그러면 어떤 어려움이 닥쳐도 포기하지 않게 된다. 목표가 포기하지 않게 힘을 준다.

1952년 7월 4일 플로렌스 채드윅은 여성의 몸으로 영국 해협 횡단에 나

섰다. 여성의 몸으로 영국 해협을 횡단한다는 자체가 역사적 도전이라 세계적으로 100만 명이 넘는 시청자들이 TV 생중계를 지켜보고 있었다.

얼음처럼 차가운 바닷물과 짙은 안개로 인해 앞을 내다보기 힘든 상황이었다. 플로렌스는 바다를 조금씩 헤엄쳐 나갔으나 바다를 건널 수 있다는 확신은 점점 사라져 갔다. 짙은 안개와 상어의 출몰 등 악조건 앞에서 점차 힘을 잃어갔던 것이다. 그녀의 어머니가 옆에서 보드를 타고 격려했지만 끊임없이 밀려오는 파도는 더욱 그녀를 힘들게 했다. 결국 플로렌스는 포기하고 말았다. 손에 땀을 쥐고 지켜보던 많은 사람들은 실망감을 감추지 못했다.

두 달 후 플로렌스는 다시 도전했다. 이번에도 여전히 물은 차가웠고, 상어가 출몰하고 거센 파도가 밀려오는 등 지난번 환경과 거의 차이가 없었다. 그러나 이번에는 포기하지 않고 횡단에 성공했다. 게다가 남자 기록을 두 시간이나 앞당기는 쾌거를 이룩했다.

첫 번째 도전할 때와 똑같은 상황에서 포기하지 않고 성공하게 된 이유가 무엇일까?

플로렌스는 첫 도전에 실패한 후, 도전하기에 앞서 자신이 도달하게 될 목표 즉, 프랑스 해변을 가보았다. 목적지를 자신의 머릿속에 각인시키기 위함이었다. 그곳 바닷가의 경관, 마을의 풍경 등을 두루 살피면서 마음속에 담았다. 그리고 연습을 하면서도 자신이 도착할 목적지를 마음속에 그

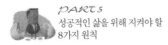

렸다.

그리하여 차가운 바닷가의 파도가 몰아치고 상어가 출몰하는 위험한 상황에서도 오로지 자신이 도착할 목적지만을 생각했던 것이다. 그 결과 지난번처럼 포기하지 않고 마침내 성공할 수 있었던 것이다. 목적지를 머릿속에 뚜렷하게 각인시킴으로써 포기하지 않고 성공할 수 있었다.

사람들 가운데 95%는 조타기가 없는 선박과 같다. '언젠가는 풍요로운 항구에 도달하겠지'하는 막연한 기대를 품고, 바람이 부는 대로 표류하고 있다. 그러나 나머지 5%는 목적지를 결정해서 거기에 이르는 최선의 항로를 검토하고, 항해술을 연구한다. 이 선박은 예정대로 항해를 계속한다. 그리하여 조타기가 없는 사람이 일생동안 항해하는 거리를 2~3년 안에 도달한다. 그리고 곧바르게 멀리 항해를 지속한다.

그들은 다음 기항지를 잘 알고 있다. 지금 어느 곳에 와있는지도 잘 안다. 그들은 항해 도중에 폭풍우를 만나도 그날 할 일만 하면 필연코 목적지에 도달할 수 있다는 것을 잘 알고 있는 것이다. 인생의 승자는 출발할 때부터 목표를 갖고 있다.

토마스 칼라일의 말이다.
"인생은 길기 때문에 도중에 목표를 바꿀 수도 있지만 그것 역시 최선을 다한 후에, 즉 자신은 도저히 그 목표를 달성할 수 없다는 사실을 확인한 후에 바꾸어야 한다.”

“설사 내일 세계가 멸망한다고 해도, 나는 오늘 한 그루의 사과나무를 심겠다.”

이는 종교개혁을 추진한 독일의 신학자 마틴 루터의 말이다. 사과나무는 희망을 비유한 것이다. 마지막 순간까지 희망을 잃지 않겠다, 목표를 포기하지 않겠다는 루터의 결심을 잘 전달해 주는 말이다. 이 강인한 의지력이 있었기에 루터는 마침내 종교개혁을 이룰 수 있었다. 포기심리가 고개를 치켜들면 잠깐 생각에 잠겨보자.

‘나는 정말 최선을 다하고 있는가.’

결단은 그 이후에 내려도 된다.

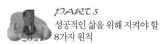

미루지
말라

ㄱ

Bucket List 07

미국의 정치가이자 사업가로 온 미국인들의 존경을 받는 벤저민 프랭클린의 유명한 말이 생각난다.

"내일은 결코 오지 않는다. 오늘 할 일을 내일로 미루지 마라."

하루하루 너무도 바쁘게 생활하다보면 어쩔 수 없이 할 일들을 다 못 끝내고 하루를 마감하는 경우도 생긴다. 그래서 계획이 필요하고 계획은 내가 지킬 수 있는 양만큼 적당히 조절하여 세워야 하는 것이다. 그래야 스트레스도 덜 수 있다.

미국의 한 심리연구소에서 대학생들을 대상으로 '얼마나 많은 사람들이 자신의 할 일을 미루고 있는가?'에 대한 설문조사를 실시했다. 놀랍게도 설문조사 대상 중에서 75%나 되는 학생들이 '내가 해야 할 일을 미뤄두고 있다.'고 답변했으며 그중에 75%는 습관적으로 미루고 있다는 결과가 나왔다.

그렇다면 미루는 사람들은 주로 어떤 유형의 사람들일까?

우선 직장인들을 중심으로 알아보자. 미루는 직장인들은 종종 지각을 하고, 무슨 일을 시작하기 전에 사전준비가 미흡하고, 계획성이 없으며, 직장에서 상사나 동료와의 관계에서도 원만치 않다. 그들은 어차피 성사되지 못할 일에 매달리고 있으며, 자신이 일하는 방식에 대해서 어떤 충고나 비판을 받아들이지 않는다. 그들이 주로 노력하는 것은 자기의 이미지 관리다. 그런데 그들은 자신과 마찬가지로 일을 미루는 사람을 여지없이 깎아내린다.

미루는 습관을 가진 대학생들은 논문작성과 시험 준비를 가장 많이 미루고 있는 것으로 나타났다. 그런데 이들은 해야 할 일을 미룸으로써 불안을 느끼게 되고, 생활의 질과 학교 성적에 부정적으로 많은 영향을 준다. 그들은 과제를 미루었다가 며칠 안 남은 순간에 성공적으로 과제를 마침으로써 생기는 짜릿한 기분을 즐기기도 한다.

미루는 사람들은 거의가 내일이나 또는 다음 기회가 오면 이번에는 미루지 않고 하겠다고 다짐한다. 그러나 작심삼일이다.

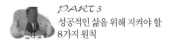

히말라야 산맥에 있는 카트만두라는 작은 왕국에는 '할단새'에 대한 전설이 있다. 그곳의 기온은 밤과 낮의 차이가 엄청나다. 낮에는 따뜻한 봄날 같으나 밤에는 기온이 뚝 떨어진다. 할단새는 낮에는 먹잇감을 구해 배불리 먹고 이곳저곳을 다니면서 즐긴다. 그러나 해가 지면 히말라야의 찬바람이 불고 눈발이 날리는 혹독한 추운 겨울밤에 벌벌 떨면서 낮이 오기를 기다린다.

할단새는 독수리처럼 집을 짓지 않고 산다. 깃털로 무장을 했으나 추위를 감당하기에는 힘들다. 그럴 때마다 '내일은 꼭 집을 짓겠다.'라고 다짐한다고 한다. 그러나 고통의 밤이 지나고 아침이 되면 따뜻한 햇볕이 내리쬐이면서 햇살이 반짝반짝 빛나는 은세계가 펼쳐진다.

할단새는 순식간에 자리를 박차고 날아오른다. 은빛 세계를 날며 또 그 순간을 즐긴다. 집을 짓겠다는 어젯밤의 각오는 까맣게 잊어버린다. 하지만 추위의 밤은 꼭 찾아온다. 살갗을 파고드는 추위 속에서 할단새는 다시 다짐한다.

'내일은 어떤 일이 있더라도 반드시 집을 지어야겠다.'

하지만 아침이 되면 그 결심은 금방 사라져 버린다. 그래서 사람들은 그 새를 '날이 새면 집 지으리'라고 불렀다.

인간도 다르지 않다. 어떤 이유로든 미루다가 어떤 문제가 생겼을 때, 다시 기회가 오면 반드시 미루지 않고 해결하겠노라 다짐한다. 그러나 다시 예전과 같은 생활로 돌아가면 그런 다짐은 까맣게 잊어버린다.

세월은 우리를 기다려 주지 않으며 그리고 한 번 뿐인 인생을 살아가야 하기 때문에 해야 할 일은 미루지 말고 그 즉시 해야 한다.

미루는 행동 극복하기

어떻게 해야 미루는 습관에서 벗어날 수 있을까?

먼저 당신이 지금 해야 할 일의 목록을 적는다. 이때 열성적으로 할 마음이 없는 것은 처음부터 목록에 적지 않는다. 목록을 작성할 때 유의할 것은 일할 때의 즐거움이나 여유 같은 것은 염두에 두지 말아야 한다는 점이다. 목록을 작성할 때 당신의 목표나 소중한 것을 우선순위로 정하고, 목표는 현실성 있고, 당신의 능력으로 가능한 것들로 세운다.

당신의 목표를 어떤 세부적인 조처와 단계적으로 나누어서 할 것인지를 생각한다. 그리고 미루었던 일이 당신의 목표와 가치에 충분히 합치되는지 검토한 다음 그렇지 않다면 포기하고 당신의 목표와 소중한 가치가 있는 것에만 몰두한다.

다음은 시점을 정한다. 될 수 있으면 꼼꼼하게 언제, 몇 시에 무엇을 하

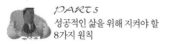

고 싶은지를 확정한다. 자신과 다른 사람에게 자신의 계획을 실행할 것이라는 것을 알려준다. 예를 들어서 당신이 언제 담배를 끊기 시작할 것인지 그 날짜를 당신 자신은 물론 가족이나 주위 사람들에게 알린다. 그리고 어떠한 경우에도 빠져나갈 여지를 주어서는 안 된다.

마지막으로 미루지 않고 즉시 시작한 일에 대해 스스로 보상을 주는 것이다. 앞에서 예로 든 금연의 경우 며칠 동안 담배를 입에도 대지 않았다면 그에 따른 보상으로 자신이 평소 가지고 싶었던 것을 구입하는 것이다.

또 일을 미루었을 때 생기게 될 나쁜 점들에 대해 생각해 보는 것도 하나의 방법이다. 예를 들어, 당신이 회사에서 해야 할 일을 미루었을 때 오는 불리함을 생각하는 것이다. 상사의 질책, 감봉 등 여러 가지로 불리함이 따를 것이다. 오히려 좋지 않는 현상을 생각함으로써 미루는 습관을 바꾸는 것이다. 미루는 습관을 버리는 일은 성공인적인 삶을 위해 반드시 지켜야 할 원칙 중의 하나이다.

인생은
패배하도록
만들어지지 않았다

Bucket List 08

　매일 아침, 잠자리에서 일어나자마자 "나의 인생은 절대 패배하도록 만들어지지 않았다. 그러므로 나는 반드시 성공한다."고 자신에게 말해준다. 이것은 꽤 효과적인 자기최면이다. 당신의 삶은 정말로 그렇게 될 가치가 있는 소중한 인생이다.

　헤밍웨이가 쓴 『노인과 바다』의 주인공 사니아고는 보통 사람들이 보기에는 정말로 운이 없는 노인이었다. 그는 누가 봐도 패배한 사람이었다. 하지만 패배했다고 끝난 것은 아니었다. 패배는 좌절과 절망과 달리 끝난 것의 의미를 지난 동의어가 아니기 때문이다.

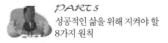
PART 5
성공적인 삶을 위해 지켜야 할
8가지 원칙

산티아고 노인은 다시 바다로 나아갔다. 그리고 마침내 먼 바다에서 이틀 밤을 잠도 자지 않은 채 물고기와 싸운 끝에 길이가 5.5미터에 무게가 70킬로그램이나 나가는 큰 청새치를 낚는 데 성공했다. 그러나 기쁨도 잠시, 배에 청새치기를 매달고 오는 도중에 상어 떼를 만나 결국 청새치의 흔적만을 길게 끌고 왔을 뿐이다. 그리고 산티아고 노인은 깊은 잠에 빠진다. 그리고 사자의 꿈을 꾼다.

산티아고 노인은 자신의 삶이 힘들다고 여기지 않았다. 그는 아무리 힘들어도 스스로 감상적인 연민에 빠지지 않았다. 또한 거대 물고기와 싸워 이긴데 대하여 오만과 승리감으로 도취되지도 않았다. 다만 그는 중도에 포기하지 않고 최후까지, 끝까지 했을 뿐이다. 스스로 최선을 다한 것이다.

하버드 대학의 한 교수가 학생들에게 냈던 과제물을 걷기로 약속한 날이었다. 다음 날 교수는 학생들에게 그 과제물을 돌려주었다. 그 과제물 밑에는 붉은 글씨로 '이것이 최선을 다한 결과인가?'라는 단 한 줄의 문장이 적혀 있었다. 학생들은 모두 그렇지 않다고 생각했다. 그래서 그들은 다시 과제를 작성했다.

학생들은 처음과는 완전히 다르게 완성된 과제물을 제출했다. 교수의 반응은 또 같았다. 과제물에는 여전히 붉은색으로 '이것이 최선을 다한 결과인가?'라는 글이 적혀 있었다. 학생들은 이번에도 그렇지 않은 것 같다고 생각했다. 그래서 그 과제물을 해결하기 위해서 도서관으로 몰려갔다.

이후로도 그 과정이 몇 차례 반복되었다. 마지막으로 리포트를 걷기로 약속한 날 교수는 학생들에게 또 같은 질문을 던졌다.

"이것이 여러분이 최선을 다한 결과물인가?"

열 번 이상 과제물을 새로 작성한 학생들은 이번에는 다들 자신 있게 대답했다.

"그렇습니다. 저희가 최선을 다한 결과물입니다."

그러자 교수는 빙그레 웃으면서 말했다.

"그렇다면 이제 읽어보도록 하지요."

당신은 지금 하고 있는 일부터 최선을 다해야 한다. 그리고 즐기는 것이다. 영국의 문호 토마스 카라일은 이렇게 말했다.

"그대가 하는 일이 보잘것없다고 해서 낙심하지 말라. 그대가 하는 일은 하나님이 맡기신 가장 중요한 일이다."

최선을 다한다는 것, 그것은 곧 그 일만 생각하고 그 일이 성공하기만 바라면서 집중하는 것이다.

우리가 거창하게만 꾸며놓은 성공이라는 포장상자는 어쩌면 한 장씩 한 장씩 그 포장들을 벗겨가며 기대에 차있는 자신을 발견해가는 과정인지도 모르겠다.

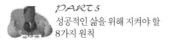

미국의 시인이자 사상가인 랠프 월도 에머슨은 성공에 대해 이렇게 정의했다.

"자주 그리고 많이 웃는 것, 현명한 이에게 존경을 받고, 아이들에게 사랑을 받는 것, 정직한 비평가의 찬사를 듣고 친구의 배반을 참아내는 것, 아름다움을 식별할 줄 알며 다른 사람에게 최선의 것을 발견하는 것, 건강한 아이를 낳든, 한 뙈기의 정원을 가꾸든, 사회 환경을 개선하든 자기가 태어나기 전보다 세상을 조금이라도 살기 좋은 곳으로 만들어 놓고 떠나는 것, 자신이 한 때 이곳에서 살았음으로 인해 단 한사람의 인생이라도 행복해지는 것, 이것이 진정한 성공이다."

죽기 전에,
더 늦기 전에
꼭 해야 할
42가지

1판 1쇄 발행 2021년 03월 15일
2판 1쇄 발행 2024년 07월 26일
2판 1쇄 발행 2024년 11월 20일

지은이 | 이택호
펴낸이 | 임종관
펴낸곳 | 미래북
본문 디자인 | 디자인 [연:우]
신고번호 | 제 2023-2003-000057호
주소 | 경기도 고양시 덕양구 삼원로73 고양원흥 한일 윈스타 1405호
전화 031)964-1227(대) | 팩스 031)964-1228
이메일 miraebook@hotmail.com

ISBN 979-11-92073-57-6   (03800)